사랑하는 것은 모두 멀리 있다

사랑하는 것은 모두 멀리 있다

1판 1쇄 발행 2021년 7월 14일

지 은 이 장석남
펴 낸 이 신혜경
펴 낸 곳 마음의숲

대 표 권대웅
편집주간 박현종
편 집 채수희 김혜원
디 자 인 임정현 박기연
마 케 팅 노근수 강인구

출판등록 2006년 8월 1일(제2006-000159호)
주 소 서울시 마포구 와우산로30길 36 마음의숲빌딩(창전동 6-32, 3층)
전 화 (02) 322-3164~5 팩스 (02) 322-3166
이 메 일 maumsup@naver.com
인스타그램 @maumsup
용지 (주)타라유통 인쇄·제본 (주)에이치이피

ISBN 979-11-6285-085-5 (03810)

* 값은 뒤표지에 있습니다.

장석남의
적막 예찬

사랑하는 것은 모두 멀리 있다

장석남 지음

마음의숲

새 옷을 입으며

시간의 무서움을 실감한다. 시간은 모든 것을 변화시켜서 이제 곧 온전히 알아볼 수 없는 지경(온전히 알고 살지도 않지만)으로 끌고 갈 것이라는 가정을 낳는다. 그런 의미에서 무섭다.

시간의 퇴적층에 쌓인 기억은 당연하게도 온전치 않고, 필연적으로 굽게 마련이어서 의문의 층위로 전락한다. 즐거운 것은 그대로 남기도 하지만 그렇지 않은 삶의 앙금들은 시간의 부림 아래 사라지거나 변질되게 마련이다. 그렇게 기억에 대한 맹신은 자칫 어리석고 허망한 오해를 낳는다. 무서운 일 아닌가.

이제 시간의 무서움이 아니라 다정함에 눈을 뜰 때라는 자각이 온다. 시간이 끌고 가는 길이 사실은 귀로歸路라는 실감 앞에 서 있다. 오랜만에 만나는 것에 감탄과 한탄이 동반하는 경우가 잦다. 그만한 길이의 삶을 살았다는 의미이겠다.

사랑은 어느 날 문득 생겨난 것이 아니라 아득한 저쪽에서부터 있었고, 있을 것이고, 있는 듯 없는 존재로 나아간다. 그건 소멸이 아니라 합일의 과정이다. 오래전부터 없는 듯 있었던 시간의 퇴적층 아래에 묻힌 나의 흔적들, 《물 긷는 소리》에 새 옷을 입히는 이유다. 돌에 물을 뿌려 글자들을 찾아내 읽듯이 다시 한번 더듬어 읽어본다. 여전한 어눌함을 다정히 바라본다.

2021년 여름, 선하당에서

장석남

물 긷는 소리를 닮고 싶다

이 세계가 사랑으로 구성되었다는 것을 눈치챘다.

나는 그 사랑의 방외인이라는 것도 눈치챘다. 모든 사람이 사랑에 관한 한 방외인일지 모른다는 짐작도 어렵지 않다.

문학은, 시는 천상 그 방외인의 기록이라는 것도 눈치챘다.

힘겹게 자란 소나무를 사람들은 아름답게 여긴다.

그러나 힘겹게 자란 인간이 아름다운 건지는 아직 의문이다.

역시 힘겹다고 느끼는 사랑이 아름다운 건지도 의문이다.

나의 내면은 세상 이치가 존재함을 눈치는 챘으나 여전히 힘겨움을 내려놓을 수는 없다. 그렇다고 '한 소식' 한 표정을 지을 수도, 엄살을 부릴 주제도 되지 못한다. 이 무질서한 기록 중에 혹 내용이 있다면 이렇게 요약해도 될지 모른다. 알긴 하겠으나 되진 않는 것들에 대한 서글픔. 그걸 이승에서 과연 놓을 수 있을까? 바꿔 생각하면 그것은 어떻든 생필품임이 틀림없다.

기억 속에 물 긷는 소리가 있다. 물 초롱에 쏟아붓던 바가지 물. 출렁대며 딸그락거리며 새벽잠이 깬 내 정수리를 지나가던 어둠 저편의 소리다. 아무렇지도 않았던 그 소리가 새삼 떠올라 그 무엇보다 성스럽게 여겨지니 나의 공부도 진급이 좀 된 것일까? 나는 이토록 더디구나. 그 소리는 눈앞에 나타나지 않았고 다만 어둠 속에서 저만치 멀어졌을 뿐이다. 나는 그 소리를 닮고 싶다. 물 긷는 소리.

2008년 유월 말 한아정 처마 아래

장석남

차례

1

탁 깨우는 한 구절

山에
山에
피는 꽃은
저만치 혼자서 피어 있네

- 김소월, 〈산유화〉 중에서

아름다운 사람이 좋은 건 그저 좋은 것이지 까닭이 있지 않다. 늘 명확한 그 사실 앞에 엉뚱한 까닭들을 늘어놓는다.

좋은 시가 왜 좋으냐고 하면 어떠한 답이 나와도 그 시가 가지고 있는 함량에 미달인 채로 구차하다.

뼈가 굳기 전부터 이 시가 좋았다면 거짓일 공산이 크다. 확실히 이 시는 천재의 산물이라기보다는 달관의 산물이다. 이십 대 후반쯤일까 이 시가 막 쳐들어왔다. 좋은 시는 막 달려 들어오는 것이다. 사랑이 그러하듯이.

저 꽃은 하나의 절간이기도 하고 백골이기도 하다. 때로는 남모르는 연애이기도 하고 도피이기도 하다. 그래서 좋다. 흔히 도피를 현실 망각의 행태로 간주해버리고 말지만, 예술이 현실 도피라는 걸 모르는 탓이다. 도피가 아니라 초월이라고 하면 책망을 면할 수 있을까? '저만치' 피어 있으니 목마름이요, 그것이 사랑의 속성이다. 늘 궁극적으로는 저만치 혼자서 피다 지고 싶었다. 다시 구차하다!

눈의 식량,
귀의 식량

여름이 오기 전에 해두어야 할 일들이 있다. 겨울을 나기 전에 식량을 저장하고 김장을 담그고 두터운 옷을 준비하듯 여름을 위해 해야 할 일들을 꼽아본다. 우선 적당한 뜰을 골라 봉숭아 씨와 분꽃 씨를 묻어야 한다. 내 땅이 아니더라도 가까이 그만한 흙이 있다면 그렇게 해야 한다. 아파트라면 그릇에 흙을 좀 담아다가 씨앗을 묻어보아야 한다(어떤 씨앗이어도 좋으리라). 그것이 여름 내내 눈目의 식량이 된다는 것을 몰라서는 안 된다. 좀 더 호사를 부리자면 파초 구근이라도 구해 묻어야 하겠지만 그건 쉽지 않을 터.

무리를 할 수만 있다면 어느 한적한 장소에 원두막을 하나 구해두어야 한다. 그 둘레에 약간의 채소를 심어놓고 입의 식량으로 삼아야 하고 또 그 바깥에다가는 아주까리라도, 토란이라도, 옥수숫대라도 심어서 그 위에 쏟아지는 여름 빗소리를 들어야 한다. 파초 잎에 떨어지는 빗소리만은 못하겠지만 그 소리를 귀의 식량으로 삼아야 한다. 그것이 바로 신의 목소리이자 이 세상에서 사라져간 조상들의 목소리이며 미래의 자손들이 낼 목소리라는 사실을 우리는 조용히 깨달을 수 있을 것이다.

서양 신부 한 분이 남화南畵의 대가 의재毅齋 허백련許百鍊 화백을 찾아갔다고 한다. 의재의 택호宅號는 춘설헌春雪軒. 아름다운 이름이다. 가랑비가 내리는 날이었다. 조그마한 방에 들어가 인사를 나누고 나자 노화백이 조용히 일어나 봉창을 열었다고 한다. 그러자 방 안엔 봉창 뒤의 대밭에서 들려오는 빗소리가 쏴 들어찼다고 한다. 나는 이 이야기를 내 스승의 글에서 읽었다. 그 노인의 예지에 가득 찬 행위를 우리는 어디서 다시 찾을 것인가. 그것은 신의 목소리를 방 안으로 끌어들이려는 것이 아니던가.

여름 저녁 마당에 자리를 편다. 새우젓에 호박국을 끓여 놓고 잠시 밥상에 없는 식구들을 생각할 때 조용히 젖어드는 저녁별을 보게 될 것이다. 여름 한철 무성한 자연의 질서 속에도 이미 이별이 있고 울음이 있다. 꽃이 피고 지는 속도도 있다. 인간은 그것을 너무 일찌감치 깨닫는 짐승이라 서글픈 거다. 그래서 한 숟가락의 밥을 떠먹고 한 번 겸손해지고, 한 숟가락의 국을 떠먹고 또 한 번 겸손해지는 거다.

돌과 사귀기

어린 시절 이런 발견을 하게 되었다. 아마도 장마철이 아니었나 싶다. 구름이 많이 낀 날이었다. 길가에서 놀고 있었다. 놀이란 것은 어른 아이 할 것 없이 늘 별것이 아니다. 그러던 중 우연히 큰 바위를 향해 돌을 하나 던지게 되었는데, 무엇 때문에 던졌는지도 알 수 없다. 다른 무엇을 맞추기 위해 던졌는데 그게 앞에 있는 바위에 맞았던 것인지도 모른다. 당연히 엉뚱한 데로 튕기면서 별 좋을 것도 없는 탁한 소리가 났다.

그런데 그때 구름에 가려졌던 햇빛이 갑자기 하늘에서 와

르르 쏟아져 내렸다. 좀 지나자 다시 해는 구름에 가려졌다. 나는 다시 바위를 향해 돌을 던졌다. 다시 햇빛이 구름 사이에서 쏟아져 내렸다. 돌멩이를 던져서 바위를 맞추지 않으면 구름은 마냥 들판만큼이나 커서 해를 가리고 비켜서지 않았다. 그렇게 두어 번 반복되자 나는 내가 바윗돌을 치는 것과 해가 나오는 것 사이에 큰 관련이 있을 거라고 믿게 되었다. 이윽고 나는 내가 바위를 치면 언제든지 해가 나오는 것으로 여기고 있었다. 왜냐하면 실제로 그랬으니까.

그래서 그랬는지 스무 살이 넘을 무렵, 어떤 사물을 좀 더 자세히 볼 수 있는 나이가 되자 나는 돌멩이가 좋아졌다. 좋다는 것도 별 이유는 없다. 까닭이 있는 좋음은 없으니까. 돌멩이를 들여다보는 것이 좋았고 또 그 돌멩이를 들여다보는 나도 마음에 들었다. 쓸데없는 짓에 열중할 수 있는 것도 큰 능력이다. 나는 내가 그런 능력을 가지고 있다는 점이 좋았던 것이다.

돌멩이는 강하고 또 나이가 많다. 우리가 상상할 수 있는 나이가 아니다. 과학에서는 추측할 수 있다고 하지만 나는 그런 추측을 믿지 않는 편이다. 추측이라는 것도 그저 추측일 뿐이니 실감이 날 수가 없지 않은가. 그러므로 돌의 나이는 그저 신비일 뿐이다.

속을 들여다볼 수 없으므로 그 안에 구름이 흐른다고 생각할 수 있었다. 어떤 세상이 펼쳐진다고 해서 별로 이상할 것도 없는 신비스러운 존재가 있었다. 어린 시절 내가 돌멩이로 바위를 쳐서 튕기게 하면 구름 사이에서 해가 나오는 것과 같이 좋았다. 헌데 어쩌란 말인가. 돌이 좋으면 그저 돌을 보면 되는 것인데 그것만으로는 좀 부족하다는 생각이었다. 그렇다고 돌멩이를 주우러 다니기도 좀 뭣했다. 이른바 수석이라는 것일 텐데 그것도 좀 뒤가 마땅치 않았다.

어느 날 인사동을 지나다가 도장집에 들렀다. 어릴 때부터 서류에 찍기 위해 목도장을 새기면 마음에 들지 않았던 터였다. 도장에 새겨질 글씨를 써서 "이렇게 새겨주시오." 하면 그렇게 새겨주는 데는 없었다. 할 수 없이 대충 파놓은 것을 받아서는 책상머리에 앉아 직접 연필 칼로 다시 다듬곤 했다. 이번엔 내가 한번 도장 재료를 사서 만들어보기로 했다. 인주를 묻혀서 종이에 찍어보니 제법 도장집의 그것보다 못하지 않았다. 내 눈에는 그랬다. 그 뒤로 나는 도장을 새겨보기로 했다.

하나의 돌이 있다. 거기에 무엇을 새겨 넣는 일의 몰두는 나를 매혹했다. 어딘가에 몰두해야만 할 때가 있다. 잊고 싶은 것이 많을 때이다. 외롭고 적적한 마음이라고 해도 될 것이다. 그러한 때 돌을 앞에 두고 이런저런 생각에 빠지는 것도 재밌다. 그것도 일종의 쓸데없는 일에 들어서는 것이다. 사실 신은 아무것도 하는 일이 없으면서도 신이지 않은가. 쓸데 있는 일치고 그 가치가 오래가는 일은 별로 보지 못했다. 어머니들의 기도도 따지고 보면 쓸데없는 일이요 미술관에 가는 일도 쓸데없는 일에 속한다.

돌에 그렇게 쓸데없이 무엇을 새겨서 인주를 발라 찍어낼 때 새로운 경험을 하게 된다. 대부분 예상하지 못한 느낌들이 발생한다. 그것을 다듬고 하다 보면 밤을 지새기 쉽다. 원고가 밀렸을 때, 밀린 원고가 쓰기 싫으면 나는 그렇게 시간을 보내곤 한다. 걱정거리도 사라지고 재미난 그림도 나오고 하기 때문이다.

어느 날엔 한양대 정민 선생을 만났다. 선생은 내가 돌 장난을 하는 것을 눈치채고 하나씩 나누어보자고 제의하셨다. 선생에게 받은 도장은 아름다웠지만 내가 뒤늦게 갚은 도장은 영 시원치 않은 것이었다. 선생의 것은 전각이지만 나의 것은 도장도 뭣도 아닌 그저 장난에 불과한 것이어서 참으로 민망했던 기억이 난다.

아무튼 난 돌 파는 것을 좋아한다. 거기에 꽃도 파봤고 산도 내 나이에 맞게 봉우리를 만들어 파봤다. 새는 돌 속으로 날아갔고 물은 돌 밖으로 흘렀다. 달은 돌 뒤로 졌으며 눈보라는 세찼다. 돌의 까칠한 표면에 드러난 형상들은 가장 원시적이면서도 가장 모던한 것이었다. 숟가락도 파보았는데 숟가락은 외롭게 보였다.

우리나라 사람들은 돌의 마술사라는 말을 들은 적이 있다. 게다가 화강암의 그 암질 위에 은근히 올려놓은 형상과 선들이 나는 좋았다. 보일 듯 말 듯, 새겨 넣은 듯 감추어둔 그 형상과 선과 면들은 바람이 숭숭 통하는 마음들의 발로였다. 무덤가의 석물들을 보아도 거기엔 어김없이 꽃이며 거북이며 귀여운 용 들이 있었다. 그것들을 새긴 이들의 몰두를 나는 거룩한 삼매三昧로 여긴다.

나도 언젠가는 널찍한 공터에 화강암을 한 덩어리 가져다 놓고 시간이 날 때마다 쪼고 싶다. 기획도 설계도 없이, 특별히 배운 것도 없이 그저 매일매일 나가서 쪼는 것이다. 미켈란젤로가 '단지 바위 속의 무엇을 풀어주었을 뿐'이라 했던가? 그 안에 무엇이 있기라도 한 듯이 그렇게 하고 싶다. 아마도 종국엔 나를 닮은 무엇이 되려나? 그건 내 가슴을 새기는 심정이 되지 않을까. 어쩌면 꿈일지도.

그날 그날의 기분에 따라서, 또 드러나는 형상에 따라서 비와 바람과 해와 달과 함께 어떤 것을 만들어가고 싶다. 오래 두면 구석에는 푸른 이끼가 필 것이다. 그것도 예쁠 것이다. 수덕사 아래 수덕여관 곁의 바위에는 고암顧庵의 문자 추상이 있다. 그것도 재미있게 보았다. 사연은 가슴 아프지만, 돌 앞에 서린 영성은 그대로 성화聖畫다.

헌데 돌을 앞에 두어본 지 오래다. 옛사람들은 한가하지 않은 자를 경멸했다. 타당하다고 본다. 경멸을 면하기 위해서 이번 여름엔 돌에 연못이나 하나 파볼까? 헌데 어떻게? 아니면 반가사유의 미소나 한번 파볼까? 근데 어떻게? 매일 느는 게 이런 사치다!

논어를 권함

대학이란 데(장소일까? 시간일까? 사랑일까?)를 가게 되면 하라고 하는 것이 여럿이다. 그러면 하지 말라고 하는 것은 또 무엇일까? 그것도 있어야 할 텐데……. 그러나 하지 말아야 할 것의 첫째는 하지 말라고 하는 것을 부수고 부수는 일! 한번 부숴보는 일!

역시 문제는 독서다. 선비(대학생)란, 바로 책 읽는 인간이란 뜻이니 할 수 없다. 책 읽기, 책이란 무엇이고 읽기란 무엇인가? 종이에 글자들을 입혀놓은 것이 물질적 의미의 책이고 그것을 육체가 더듬어가는 것이 독서다. 육체 안의 무엇이 그것을 새긴다는 것이다. 강조하고 싶은 것은 '더듬어가야' 한다는 것! 온몸으로 더듬어간다는 것! 왜? 까막눈이니까!

언젠가 서울대 학생들이 읽어야 할 필독 도서 목록을 본 적이 있다. 솔직히 '웃기고 있네'라는 생각이었다. 물론 모두 최고의 고전들이었으며 읽으면 좋을 책들이었음에도 웃음이 난 것은, 그 책들을 우리들이 전부 더듬어 읽을 수나 있나 싶은 생각이 들어서였다. '집에 사두어야 할 책들'이라고 했다면 솔직했을 것이다. 그 책들은 사두면 좋을 것이다. 그래야 거기 그 지식이 있게 된다. 지식은 있으면 된다. 사람 잡던 그 목록이라니!

고리탑탑하게도 딱 한 권을 권하자면 이걸 들 수밖에 없다. 그 이름도 거룩한《논어》다. 무엇보다 우선 우리가 공부라는 것을 해야 하는 까닭을 짚어봐야 되지 않나? 혹은 공부라는 것이 무엇인지를 알아야 하지 않나! 모를 리 없겠지만 한 번 더 써보자.

學而時習之, 不亦說乎?

有朋自遠方來, 不亦樂乎?

人不知而不慍，不亦君子乎?

풀면, 배우고 때로 익히면 기쁘지 않으랴. 벗이 먼 곳에서부터 찾아오면 또한 즐겁지 않으랴. 공부한 것을 사람들이 알아주지 않아도 기분 나쁘지 않으면 그것이 지식인이다. (바로 여기서 온 이름이 김시습이란 인물이다.)

배우는 것은 무엇인가. 주자의 주에 의하면 효야效也, 곧 따른다는 것이다. 다르게 말하면 선생을 찾아야 한다는 것이다. 시습時習이란 무엇? 때에 맞춰 익힌다고 번역한다. 습習은 날개 밑에 돋은 흰 깃의 모양을 형상화한 글자다. 어린 새가 날려고 하면 날갯짓을 수없이 해대서 날개 아래 흰 깃이 보인다는 것이다. 처음엔 날기 힘들지만 자꾸 하다 보면 마침내 날게 되며 하나도 힘들지 않다. 비로소 제 몸에 익었기 때문이다.

우리가 그런가? 우리의 지식이 날개인가? 그렇지 않다. 지혜가 되지 않으면 날 수 없다. 공부가 창조요 구원이지 않은가. 그걸 모르고 무엇을 할 것인가? 그런 말들로 계속 이어지는 책이다. 읽어볼 만하지 않은가!

물 긴는 소리

한 살씩 먹어기면서 운명론자가 뇌어가는 모양이다. 사는 집의 좌향에서 분명히 어떤 인연 같은 것을 느끼게 된다. 내가 태어나고 잔뼈가 자란 집은 동향으로 아침 볕이 찬란한 곳이었다. 동쪽 산을 막 넘어온 햇빛이 부엌간을 맑게 비추면서 하루가 시작되는, 가난하고 낮되 따스한 집이었다. 나는 추운 겨울철에 그 햇볕 속에 들어가 쪼그리고 앉아 있는 소년이었다. 내가 어머니의 몸에 들어앉던 때, 태몽에도 아침 햇볕이 명료하게 부엌간을 비췄다면서 어머니는 내게 꿈값을 내라고 웃으신 적이 있었다.

이리저리 떠돌다 흙 마당이 조금 드러난 집을 장만했는데 역시 태어난 집과 같은 방향을 내다보고 앉은 집이었다. 어린 시절의 기억이 나를 이러한 집으로 이끌었을까? 이곳에 저녁마다 팔다리를 내려놓은 지 벌써 십여 년이 넘으니 분명 '내가 사는 집'이라는 생각이 든다.

새로 시작한 직장의 내 방도 동향이더니 동향의 인연은 이후로도 이어졌다. 바로 내가 쉼터로 잡은 오두막이 그것이다. 용슬재容膝齋라고 제법 멋을 낸 이 집은 산 중턱의 인적 없는 곳에 있는데, 터가 올라앉아 있어서 좀 과장하면 해가 아예 마당 아래쪽에서부터 올라온다. 이만하면 내가 지내는 모든 터는 새벽을 먼저 맞이하는 터들이었다고 해도 되겠다.

무연히 새벽을 맞이하는 때가 여럿이었다. 시를 생각하며 그러한 때도 더러 있었으나 세속의 일들이 그렇게 앉아 있게 한 적이 더 많았다. 대개는 사랑의 문제, 돈의 문제였다. 질투와 욕심이 식지 않아 괴로워하다가 새벽을 맞이하게 되는 것은 힘겨운 일이었다. 가까운 이의 안타까운 사연들도 왜 없었을까만.

어느 순간 새파란 빛이 머리 위를 감돌고 돌아 서늘히 이마 위로 내려온다. 그러한 기운을 느낄 때 저절로 동쪽 하늘을 보게 된다. 그쪽으로부터 시간은 오는 것이다. 조금씩 조금씩 새파란 빛이 걸어온다. 그 빛은 바로 비취, 청자의 그것이다. 어디선가 꼭 그만한 빛의 투명으로 새 한 마리가 문득 울음을 던진다. 모든 것은 그때부터 시작이다. 뭇 새가 깨어 울기 시작하면 나무들도, 처마도, 마당도, 부엌도, 신발들도 깨어나는 것이다. 밤새워 결론도 없이 괴로웠던 모든 성聖과 속俗의 일들은 그 순간 놀랍게도 말끔히 치유되고 만다. 새벽은 그래서 가장 성스러운 시간이 된다.

어린 시절 그러한 새벽이면 내가 잠자던 방 뒤곁에 있던 우물에서 물을 긷는 소리가 들리곤 했다. 할머니는 하루의 처음 긷는 물을 '숫물'이라고 불렀다. 나는 그 성스럽던 소리 또한 잊을 수 없다. 파란, 청잣빛 같은 그 물 긷는 소리.

밤에 물소리를 듣고 초서가 아름다워졌다

역시 글이라는 것은 맨땅에서 파낼 수 있는 게 아니라는 사실을 요즘에 와서 더더욱 절감한다. 묻은 게 없으면 나오는 게 없다는 것은 만고진리지만 그 토양마저도 굳고 거칠면 도통 좋은 씨앗도 배겨나질 못한다. 아무리 깊이 파서 땅을 뒤집어놓아도 비 한 번 오고 나면 굳어져서 호미조차 들어가질 않는다. 돌덩이처럼 굳어버리고 마는 것이다.

우리네 여염한 삶이라는 게 꼭 이와 같다는 생각이 자꾸만 든다. 나이가 한 살씩 쌓이다 보니 몸도 그렇고 정신도 점점 황폐해져가는 것이다. 한 살씩의 나이가 꼭 그만큼의 돌덩이가 되어 삶의 밭을 메워가는 듯한 암담한 느낌이 앞날을 더 무겁게 한다. 나의 밭에는 지금 오십이 넘는 개수의 돌덩이들이 뒹굴고 있는 것이 아닌가. 거기서 좋은 싹이 나올 수 없고 어여쁜 꽃이 피어날 수 없음은 자명한 일. 농사가 그나마 계속되기 위해서는 해마다 보태지는 그 무거운 돌덩어리들을 처치하지 않으면 안 된다. 특히 우리 같은 날품팔이 글 노동자는 더더욱 부지런히 그 돌멩이들을 치워버려야 한다. 내다 팔 것이 자라나지 않기 때문이다.

그나마 토양을 비옥하게 하는 것은 옛 책들일 수밖에 없다. 점점 토질이 거칠어지는 것은 할 수 없지만 그것을 갈아엎는 게 좋은 책들이다. 그런데 나이의 힘, 말하자면 완고하게 굳어지는 힘, 그 쓸데없는 힘은 묵직해서 웬만한 쟁기날로는 넘어가지 않으려 한다는 데에 문제가 있다.

필자의 경우 무엇이 잘못된 것인지 이른바 '모던'하다는 작품들을 접하게 되더라도 좀처럼 심드렁한 상태를 벗어날 수 없다. 실험적이라느니 새로운 감성이라느니 하는 평가를 받는 작품들을 만나도 '이미 낡았다'는 인상을 지울 수 없는 것이다. 그래서 그런지 내 글품은 구투를 벗지 못하지만 그래도 그게 녹은 더디 앉을 것이란 오래된 생각은 잘 변하지 않는다.

그렇게 굳어가는 내 정신의 토양을 일구어주는 책들은 부지기수지만 하나를 골라서 얘기하려면 좀 색다른 책이 어울릴 듯하다. 찾아보니 《임천고치林泉高致; 곽희, 곽사의 산수화론》을 들먹이는 것도 좋겠다. 이 책을 처음 접한 지 십여 년이 넘은 것 같다. 그 경위가 어디에 있는지 기억할 수 없는데 우선 아주 얇은 책이어서 좋았다는 기억이 남아 있다. 나는 책은 될수록 짧은 것이어야 한다고 생각하는 편이다. 길어야 할 이유가 꼭 있지 않다면 쓸데없이 늘어놓은 내용들은 아주 질리기 일쑤이기 때문이다. 무엇이든 끝내고 매듭짓는 맛이 있어야 상쾌한 일상의 맛이 살아나게 마련인데 쓸데없이 길고 두꺼운 책은 좀 천해 보이기까지 한 것이 사실이다.

이 책은 번역문과 각주를 합해 전체가 삼십여 쪽에 불과한 지극히 짧은 책인데, 내용이 주는 향기는 멀리까지 갈 만한 것들이다. 화론畫論이지만 좋은 글이 늘 그렇듯 화론에 머물지 않는다.

산수에는 한번 지나쳐볼 만한 것, 멀리 바라볼 만한 것, 한가롭게 유람해볼 만한 것, 거기서 살아볼 만한 것 등이 있다고 한다. 무릇 이와 같은 산수를 그려야만 묘품의 경지에 든다고 하겠다. 그러나 지나쳐볼 만한 산수와 멀리 바라볼 만한 산수는 한가롭게 유람해볼 만한 산수나 거기서 살아볼 만한 산수에서 얻는 경지와는 다르다. 무엇 때문일까.

오늘날의 산천을 보면 비록 수백 리를 차지하고 있는 지역 가운데서도 참으로 한가롭게 유람하고 싶거나 살고 싶은 곳은 십 분의 삼, 사 정도이기 때문이다. 그러면서도 반드시 유람하고 싶고 살고 싶은 품격이 있는 곳만 찾게 되는데, 그것은 군자가 임천을 목마르게 사모하는 까닭, 바로 이러한 곳을 아름답다고 이르는 것이기 때문이다.

따라서 화가는 마땅히 이러한 뜻으로 작품을 제작해야 하며, 감상자 역시 이러한 뜻으로 작품을 살펴보아야 할 것이다. 이렇게 하면 산수의 참된 본의를 잃지 않는다고 말할 수 있을 것이다.

이는 이 저자의 산수관이긴 하지만 시인이 시를 지을 때 시의 묘품에 대한 안목을 갖추었느냐 하는 자문에 충분히 거울이 될 만한 구절이라고 생각된다.

유람해볼 만한 산수와 살아볼 만한 산수가 있다는 구별은 얼핏 간단한 듯하지만 산수의 심연으로 진입하지 않고는 통찰할 수 없는 것이다. 청전靑田 선생의 산수가 어떠한 산수였는지, 왜 그토록 애절한 아름다움을 주었는지 나는 이 글을 통해서 짐작할 수 있었다. 또한 "회소懷素가 밤에 가릉강嘉陵江의 물소리를 듣고서 초서草書가 더욱 아름다워졌다"는 통찰은 깊은 길로 인도하는 바가 있다. 다만 내 발걸음이 낮은 물을 떠나지 못함이 안타까울 따름이다.

취미는 적적해지는 것

연못가에 앉는다. 땅을 한 자쯤 파내고 벽돌을 시멘트로 이겨 붙인 연못이다. 물론 물은 솟는 물이 아니라 수돗물이다. 가히 명색뿐인 연못이니 역설적이게도 더 귀하고 귀하여 안타까움마저 있다.

물이 이렇게 좋다. 아름다움이 있어서다. 달도 보고 소나무 그림자도 보자고 만든 것이다. 그 안에 배를 띄울 수는 없으니 이백의 그것이 될 수는 없으나, 이백의 기우뚱한 자세를 떠올릴 수는 있다. 하루에 한 번 정도는 이렇게 맥없이 연못에 앉는다. 왜 앉는가? 이백이 되려고 앉는가? 수련 잎이 몇

떠 있다.

건너편에 세워둔 돌멩이에 물을 손으로 움켜 뿌려본다. 돌이 젖는다. 돌은 젖으면 다른 물건이 된다. 그 다른 물건이 뭔지는 쉬이 알아지지 않지만 그것은 참으로 드물게 즐거운 일에 속한다. 그렇다고 그것이 꼭 즐거운 행위일 뿐이라고 하긴 어렵다. 젖은 돌 속에서 걸어 나오는 것 중엔 적적한 모습들이 많고도 많기 때문이다.

왜 뿌리는가? 알 수 없다. 세상에 답이 있는 것은 그리 많지 않다. 다시 한번 물을 손으로 떠서 던진다. 겨울이 되면 여지없이 물은 얼어붙어 버릴 것이다. 그걸 생각하면 어리둥절해진다. 나도 이 자리에 앉아 있지 않을 것을 생각한다. 그것을 생각해도 어리둥절해진다. 하여튼 평반 정도의 연못가에 앉아서 물을 움켜 건너편 소나무 아래의 돌멩이에게 뿌려보는 것이다. 돌멩이는 젖어서 이번엔 사랑하는 사람이 되었다. 사랑하는 사람은 늘 멀리 있었다. 사랑하는 것들은 다 멀리 있다. 다시 적적해진다.

적적해지는 것은 내 오랜 취미다. 그 취미가 나를 이끌어 간다. 적적함이 직업이라도 좋겠다. 적적하지 않고서야 이 세상을 어디에 놓고 바라볼 것인가. 적적함은 맑은 거울이자 명쾌한 저울이요, 사랑의 반석이다. 적적한 곳에 이르지 않는 이를 나는 사랑할 수 없고 적적함을 모르는 이를 나는 친하다고 할 수 없으리라. 나는 끊임없이 적적한 장소와 시간을 찾아 헤매는 신세임에 틀림없다. 그러나 이를 견디는 것이 여간 어려운 일이 아님을 알고 있다. 적적은 그래서 지극히 상류층의 취미임에 틀림없다. 나는 자꾸 상류층이 되고 싶은 모양이다.

연못 앞에는 한아정寒鴉亭이 있다. 어느 노스님의 작명이다. '한아寒鴉'란 겨울 까마귀란 말이다. 춥고 배고픈 까마귀란 말이다. 스산하다. 그러나 나는 그 이름을 받고 좋아서 발을 구를 지경이었다. 노스님이라면 일생 적적을 벗으로 살아온 분이다. 속되지 않은 글을 쓰며 오래 건강하게 살라는 뜻을 함께 일러주셨다.

한 친구가 구경하고는 '나라에서 지은 거네'라고 하며 정자 모양새의 호사스러움을 에둘러 말했다. 호사스러운 적적함이다. 왜 이런 건축이 내게 필요했고, 그것이 처음의 '원두막'에서 '정자'가 되기까지 오랜 시간을 거쳐야 했는지 알 수 없다. 그 안에 앉아보는 것도 아름다운 일이지만 그것을 멀찍이 바라보는 것은 더 즐거운 일이다. 내게 겨울 까마귀와도 같은 것이 필요했었나? 옛 동아시아 신화에서의 세 발 까마귀까지 갈 필요 없이, 그저 가악 가악 울어대는 겨울 저물녘의 울음소리와 날개에 얹힌 저녁 빛의 적막을 알 뿐이다.

한아정에 앉아 가끔 돌을 판다. 나의 이름도 파고 좋아한 사람 이름도 파고 명사도 파고 동사도 판다. 내키면 그림책에서 본 그림도 흉내 내어 판다. 얼마 전에는 '와!'라고 팠다. 명령이기도 하고 감탄이기도 하며, 조사이기도 하고 동사이기도 하고 명사이기도 한 그런 글자다. 왜 갑자기 그런 글자가 파고 싶었는지 모르겠다. 그저 불현듯 '와!'가 떠오른 것이다. 내게서 모두 떠나가는 것들만 있었던 듯, 나에게 와야 할 희망이 필요했던 듯! 인주를 발라 찍어놓고는 뿌듯이 바라보았다.

정식으로 이름 붙이면 전서를 돌에 판다 해서 전각篆刻이 될 것이지만 굳이 거기까지 가고 싶지는 않다. 도장이라고 해도 좋고 그저 돌 파는 것이라고 불러도 그만일 뿐이다. 내가 가끔 돌을 판다는 것을 알고 어떤 선생님께서는 만날 때마다 "아직 전각을 하는가?" 하고 묻는다. 아니라고 도망하면 이내 스피노자인가 하는 노인이 안경알인지를 평생 깎는 일로 생계를 삼았단 말을 하신다. 아름다운 이야기다. 그 노인의 행동을, 행동에서 나는 소리를 생각하면 맵싸한 적요가 온다.

돌을 팔 때 나는 소리, 이를 으드득으드득 가는 것 같기도 한 그 소리는 여간한 음악에 비할 바 없는 생동감의 음악이다. 그리고 그 돋을새김이 마침내 종이 위에 사뿐히 내려앉아 나타날 때 안에서부터 퍼져 나오는 기쁨이 있다. 그 기쁨은 바깥에서 오는 그것보다 좋다.

담요를 편 뒤 한지를 펼쳐놓고 붓을 들 때도 있다. 서예가 가 될 일은 없으므로 전투적이지 않다. 그저 종이에 먹을 칠해보는 일이다. 물론 서예 선생님 앞에 가서 수년간 안진경을 임모해보기도 했다. 늘지 않는 글씨다. 그럼에도 안진경의 큰 글씨는 쓰면 쓸수록 좋았다. 처음엔 어설퍼 예쁘지 않았으나 꺽다리 같은 것이 어중떤 데가 있으면서도 좋았다. 나중에는 가까운 사람들이 글씨의 참 즐거움을 모르는 것이 은근히 안타깝게 여겨지기도 했다. 아주 간혹 그 글씨체를 절간 같은 데서 만나기도 하지만 여지없이 사람들에게 호감을 사지 않는 것을 알았다. 서예도 해본 일이라고, 그러한 것을 확인할 때 느끼는 스스로의 가소로움도 싫지는 않다.

어쩌다가는 거문고를 꺼내다가 튕겨본다. 거문고는 선비의 악기라고 알려져 있다. 실지로 그것은 기술을 자랑할 만한 악기는 아니다. 손에 힘이 많이 들어가는 데다가, 소리는 뭉툭하고 깊어서 침잠하지 않으면 재미없을 것이 분명하다. 스스로 퉁기면서 들으면 그만인 악기 같다. 멀찍이 구경하는 악기로는 별로인 것이다. 정악을 공부했다. 산조를 배우고 싶지만 여의치 않아 나아가지 못하고 있으나, 정악을 흉내 내는 것만으로도 그 울림의 곡선과 절제의 흥을 느낄 만하다.

한아정 아래서 아주 가끔씩 늘어놓아 보았던 행동들의 기록이 볼썽사나운 자기 노출증은 아닌 것이 되었으면 싶다. 이미 흰 고무신에 싸지 않은 값으로 차려입은 개량한복류의 삐뚤어진 아집과 노골적인 난 체에 눈 둘 데를 찾지 못한 적이 한두 번이 아니니 더더욱 그렇다. 허나 나는 진심으로 그 옛사람들의 흉내를 한번 내보고 싶었다. 흉내까지는 아니더라도 그 거문고니 붓이니 하는 물건들을 사고 싶었다. 그 선생님들에게 많지 않은 학습비를 드리고 싶었다. 정자를 제대로 짓는 목수에게 적잖은 돈을 쓰고 싶었다. 진심이다.

그럼에도 내가 가장 좋아하는 것은, 그리고 가장 잘할 수 있는 것은 예의 그것, 어쭙잖고 가식적인 연못가에 앉아 연못물을 움켜서 돌멩이에 뿌리는 일이다. 그래서 그 돌멩이를 다른 물건으로 만들어 적적함을 불러오는 일이다. 그것은 지루하지 않고 시원하며 끝없는 세계로 나를 데려간다.

햇빛의 일

아침에 깨어나 보니 모처럼 가을 기운이 돌면서 창문에 아침 빛이 찬란하다. 찬란하다는 말을 어디에 써먹어 보랴. 인생의 어느 국면을 이토록 찬란하다고 하겠으며 어느 융성한 왕조의 유산이 그러했겠는가. 이 아침 빛의 찬란을 따라올 수 있겠느냐는 말이다. 말끔하게 닦은 허공에 아침 빛이, 값으로 쳐도 아주 상값은 받게끔 빛난다. 먼 산세마저도 선명하게 가까웠다.

이십대와 삼십대 초반까지 정신없이 직장 생활을 하며, 나는 마음을 기댈 데가 없어 음악을 주로 들으면서 여가 시간을 보내곤 했다. 그때 내가 제일로 소원하여 꿈꾼 것은 오늘 아침처럼 내실의 반까지 들어온 찬란한 햇빛 속에 발등을 적시면서, 하이든의 현악이나 슈베르트의 음악 들을 틀어놓고 하염없이 시간을 잊은 채 앉아 있는 것이었다. 말할 것도 없이 그때 그 현악 사중주, 오중주 들을 나는 햇빛 맑은 날 오전의 음악으로 여겼던 것이다. 지금도 그때의 생각이 별로 달라지진 않았다. 이제 나는 그것을 실현할 수 있는 나이가 되었건만 그토록 달콤하게 꿈꾼 소망에 민감한 혀는 무뎌지고, 게으르고 둔탁한 감각이 겨우겨우 찬란함을 알아본다.

유난히 비가 많은 여름이어서 눅눅한 이부자리들을 내어다 빨랫줄에 걸고 그것이 말라가는 것을 바라보는 기분도 예사롭지 아니하다. 뭐랄까. 버리고 싶은 기억을 저절로 망각하는 기분으로 비유할 만할까? 내가 존경하는 어느 선생님의 글에서 '하얀 빨래가 말라가는 감격'이란 문장을 만난 적이 있지만, 처서 지나고 지리한 빗발과 습기, 더위가 물러난 이 선선한 아침 볕의 감격은 이른바 불혹이라는 나이가 지나서 호들갑을 떨어도 주책스럽지 않겠단 생각까지 하게 된다.

옛글에 '한 번 음陰하고 한 번 양陽한 것이 도道라고 한다'

는 구절이 있는데, 한 번 밝고 한 번 어두운 것 사이에 도가 있다는 정도의 풀이가 될 것이다. 햇빛은 만물을 싹틔우고 키우고 여물게 한다. 그리고 어둠은 그 햇빛이 만들어낸 씨앗들을 저장한다. 땅은 보관하고 하늘은 불러내어 싹을 틔운다. 그리고 하늘과 땅은 서로 그것들을 키워낸다. 그것이 도라는 것이다. 햇빛을 바라보면서 도를 생각하는 것도, 흐르는 물을 바라보면서 법을 생각하는 것도 실은 범부의 노릇이 아닐지 모르지만, 우리는 그러한 평범한 일상을 반복해가며 살아가고 있을 뿐이다. 도가 따로 있으랴. 저 햇빛 속에 있는 것이 아닌가.

새로운 나의 거처엔 잣나무들이 있어서 간혹 청설모가 잣을 떨어뜨린다. 그것들을 주워다가 돌 위에 놓고 작은 돌로 깨보면 그 속에 벌써 여물어가는 잣들이 가득하다. 다시 그것들을 깨보면 그 안에서 솔향기를 풍기는 씨앗들이 나온다. 입에 넣어보면서 이 기름들이 다 어디서 온 것인가 생각해본다. 참으로 신기한 노릇이 아닌가. 땅 속 어디에 기름이 있단 말인가? 저 햇빛 속 어디에 있단 말인가? 바람 속 어디에 그것이 있단 말인가? 그러나 있으니 맺힌 것 아닌가.

그중 햇빛의 일이 가장 중요했음을 과학자가 아니어도 직감으로 알 만하다. 내 입으로 들어간 것은 찬란한 햇빛의 알갱이들이요, 속삭임들이요, 때론 지난 여름 볕의 불덩어리이기도 했을 것이다.

그러니 우리들은 늘 햇빛을 지향해가는 존재들이다. 그런 면에서 식물과 다르지 않다. 볕이 들지 않는 집에서는 살 수 없다. 생명력이 희박하기 때문이다. 그러나 가난한 사람은 그런 곳에서 살 수밖에 없다. 그들에게 가장 그리운 것은, 필요한 것은 볕이다. 볕은 존재 그대로 따뜻함이요, 성장할 양분이요, 하나의 꿈이다. 그런 의미에서 볕은 하나의 뜨거운 상징이 되는 셈이다. 볕은 사람을 가리지 않고 나누어지는 신의 은총이다. 인간만이 그것을 차별하고 가린다. 남의 볕을 가리고 독점하는 일을 탐욕이라고 하는 것인지 모른다.

이불을 걷고 저녁 햇빛에 마음을 내어 말린다. 그동안 젖어 들었을지 모를 탐욕이나 슬픔이나 증오가 있다면 다 말려야 한다. 우리는 이 저녁 빛을 따라 나서서 저 우주의 어느 골짜기로 끝내 가야 할 존재다. 이 사실은 햇빛을 바라보면서 해야 할 가장 큰 발견인지 모른다. 가을 볕에 씨앗들을 말리듯이, 또 젖은 이부자리들을 말리듯이 우리 마음도 썩지 않게 다 말려놓아야 하는 것이다. 그것이 우리를 살리는 것이므로.

내가 사랑하는 장소,
골짜기의 백합

내가 사랑하는 장소가 한 군데 있다. 사랑하는 장소라고 하면 유명한 장소일 수는 없다. 남들도 다 아는, 가령 어느 다정스럽게 생긴 조그마한 공원 광장 같은 데를 좋아할 수는 있다. 그러나 그런 데를 사랑하는 장소라고 말하기에는 좀 저어되는 바 없지 않다. 사랑이란 것은 어느 만큼 비밀스러운 무엇 없이는 싱거운 물건인 듯하다. 나만이 아껴서 간직한 무엇이 있어야 비로소 사랑할 수 있을 듯싶다.

콧노래로 즐겨 따라하던 옛 가곡 중에 〈아무도 모르라고〉라는 노래가 있었다.

떡갈나무 숲 속에 졸졸졸 흐르는
아무도 모르는
샘물이길래
아무도 모르라고
도로 덮고 내려오지요

나 혼자 마시곤
아무도 모르라고
도로 덮고 내려오는
이 기쁨이여

파인 김동환의 시다. 시가 노래하는 바는 사람에게도 마찬가지여서, 사랑이란 자랑해서는 안 되는 것이다. 그때는 이미 속되기 시작하는 것이다. 아끼고 아껴서, 숨기고 숨겨서 사람에게가 아닌, 혼자 하늘이나 보고 구름이나 보고 하느님이나 보고 웃으며 기쁘게 자랑하는 것이다.

내가 사랑하는 장소도 어느 야트막한 골짜기인데 거기엔 아주 조그만 시내가 흐른다. 가물면 그마저 졸졸거리는 시늉에 그친다. 숲이 우거져서 공기가 청정하다. 그곳의 자랑은 새다. 온갖 새들이 날고 운다. 뱀도 있어서 스윽 지나가는 것을 나도 두어 번 보았다. 그곳에 가면 마음이 놓인다. 마음이 놓인다는 것은 그곳의 맥과 내 육신이 잘 맞는다는 뜻이리라.

골짜기의 그늘 쪽에 정자가 하나 있는데 늘 비어 있다. 그만큼 이곳은 인적이 드문 장소다. 인적이 드문 것도 좋다. 사람들은 인적이 드문 곳을 썩 좋아하지 않는다. 너무 적적한 까닭일지 모른다. 그래서 도시로 도시로 발길을 옮긴다. 헌데 나는 시골로 시골로, 산골로 산골로 가고 싶다.

내가 이 장소를 사랑하게 된 것은 어쩌면 그 정자의 처마에 달아놓은 심원정기尋遠亭記라는 글을 보고 그랬는지 모른다. 자연이 빼어나다고는 할 수 없지만 맑고, 새 울음과 작은 물소리 들도 압도적이지 않아 정다웠다. 그리고 정자의 내력을 기록한 짤막한 기록은 나로 하여금 오래 앉아서 생각에 잠기게 했다. 대충 옮겨보면 이렇다.

이제 세속의 생으로는 반쯤 살았다고 생각하니 돌아다볼 것과 내다볼 것이 반반씩 되었다. 《논어》에서는 마흔이 불혹이라 하였는데 이제야 의문이 생기기 시작한 나이가 된 것이다. 마침 저절로 꽃 피고 지는 데가 좋아서 애써 찾다가 이

골짜기를 만났다. 이름난 산이 많지만 여기 조그만 산자락이 내게는 알맞았다. 한 사람의 생애가 이만한 등성이라도 흉내 내는 것이 쉽지 않을 터. 빼어난 풍경이야 많지만 이미 다 번거로운 장소가 되었으니 이 자그만 골짜기의 뙈기밭을 이용해 자족한다면 크게 부러울 것이 없겠다.

마침 올라와 보니 멀리 산 능선들이 줄줄이 이어졌다. 사람들은 모두 눈앞의 것에만 매달려 있으니 가엾다. 나는 비록 도를 안다고 할 수 없다 해도 멀리 보이는 곳이 좋구나. 멀리 능선들을 내다보면서 생애의 나머지 반을 먼 곳에 대해서 생각해보려 한다.

결국 나는 먼 데를 찾아서 이곳에 이르는 것이 아닌가 하는 생각이 들었다. 심원정尋遠亭이라 함에는 그런 뜻이 있는 것이다. 곁에 붙여 밥을 끓이고 잠잘 수 있게 지은 집은 먼 곳을 찾음에 있어 필히 가까운 것에서 시작하지 않으면 안됨으로, 《논어》의 구절을 빌어 근사재近思齋라 했다. 세상을 떠나서 살 수 있지 않고 세상만 바라고 살아선 안되겠다.

이 골짝이 물러나 은거한다는 퇴촌 마을임으로 이름을 노자老子의 구를 빌어 우현동又玄洞이라 하면 어떨까 싶은데 그것은 이웃에 생각하면서 사는 이와 의논해봐야 할 일이다.

나는 그 정자에 앉아서 멀리 내다봤다. 글의 내용대로 멀리 등성이 예닐곱 개가 연이어 춤추듯 뻗어나갔다. 그 예닐곱 봉우리들을 타고 구름이 흘렀다. 내가 살아갈 시간에 대해서 헤아려보았다. 예닐곱 봉우리가 연이어 뻗어나갔는가?

불볕 속에서도 정자는 시원했다. 조금씩 흐르는 물길이지만 냉기가 뻗쳐 올라왔다. 바람이 냉기를 묻혀 정자 위로 올렸다. 주변을 합해 모두 서너 평이 될까 말까 한 아담한 그 정자에 오래 앉아서 나는 옛 선비를 흉내 냈다.

그 장소를 발견하고 나는 꽤 여러 번 그곳을 찾았다. 주인은 만날 수 없었다. 그러나 매번 사람의 손길이 묻어 있어서 채소들이 자라고 나무들이 늘고 연못은 치워져서 깨끗했다. 얼마 전에는 물이 지나간 직후라서인지 더더욱 맑은 장소가 되어 있었다.

언젠가 주인을 만나고 싶다. 그러나 애써 찾을 생각은 없다. 사람을 만나는 일은 돌멩이나 물소리를 만나는 일보다 더 향기롭지는 않다. 그저 멀찍이 눈인사 정도로 그치는 것이 더 좋을지 모른다. 그러나 그곳을 간혹 찾아가는 나를 나무라진 않을까? 아마도 그렇지 않을 것이다. 내가 끝내 말을 아껴서 침묵의 모습만 보여줄 수 있다면 말이다. 그도 어느 정도는 가능할 것이다. 나도 그 주인과 비슷한 마음을 가져야 할 나이가 되었기 때문이다. 조금 더 깊은 골짜기로 들어서자 백합들이 줄지어 피어 있었다.

나는 빨리
늙고 싶다

나의 경우 바로 일흔이 넘은 할머니가 보호자였다. 노인에게서 기억이 시작된다는 것도 특이하다면 특이한 일이다. 노인의 냄새가 세상의 냄새였다는 것은 좀 의미심장하지 않은가. 어린이에서 청년으로 넘어갈 즈음 할머니는 여든을 넘었다. 이제 아무런 실질적인 행위를 할 수 없는, 허리를 잔뜩 꼬부린 노인을 바라보며 슬픔에 잠겼다. 죽음만을 앞에 둔, 그것이 오기만을 그저 기다릴 수밖에 없는 생명에 대한 한없는 연민 같은 것을 나는 느꼈다. 그러나 그러한 생각이 바뀐 것은 할머니가 떠나가시고 오래 지나지 않았을 때였다.

할머니의 삶을 떠올려보면 그 노인에게도 한없는 웃음이 있었다. 분명 있었다. 음식에도 맛이 있었고 아름다움도 있었다. 꽃을 가꾸었고 걸레질을 했다. 나무를 심었고 노을을 바라보았다. 노인다운 일상이 여일하게 이어지고 있었던 것이다. 나는 늘 일상에 임하는 노인의 내면이 궁금했다. 과연 늙은 후의 사물은 어떤 빛과 향으로 내면화될까 궁금했다. 결론은 역시 한없이 향기롭게, 그리고 미래로 열린 채 다가올 것이라는 예상이었다. 인간이면 누구나 늙고 죽는다는 사실쯤은 의식하게 마련 아닌가.

그러나 그것이 어느 때 오든 상관없이, 죽음은 삶을 한 단계 높여주는 힘이 될 수 있다는 사실을 아는 일이 어려웠다. 그러다 죽음을 겪고 나서 한참 되새김한 무엇이 있었다. 삶을 이끌고 가는 것이 죽음이라는 생각에까지 닿게 된 것이다. 노년의 삶이 단순히 죽음에 가까워짐을 의미하는 게 아니라는 사실을 아는 일이 그렇게 더뎠다! 죽음이 단순히 소멸을 의미하는 것만이 아니라는 사실을 알아차리는 일이 그렇게 더뎠다!

사실 나는 빨리 노경에 들고 싶다. 노老의 경지란 완성된 인생의 경지다. 익숙해진 경지다. 미숙하고 서툰 법에서 이제는 거칠 것 없는 단계에 접어들었을 때 노경이라고 말할 수 있겠다. 죽음을 곁에 두고 그와 노닐 수 있는 경지란 얼마나 완만하고 넉넉하고 편안하며 자연스러운 일인가.

죽음은 이상적 진리의 세계인지 모른다. 어쩌면 죽음이라고 하는 것이 인간으로 하여금 진리를 찾게 하고 육체를 태워가게 하는 큰 에너지라고 생각된다. 그 진리의 낌새를 알아차렸을 때 나이와 관계없이 노경에 들었다고 할 수 있지 않을까? 죽음이 우리 앞에 아름답게 나타났다 사라진다. 저녁노을이 그 얼굴이며 가을의 낙엽들이 또 그의 얼굴이다. 그렇게 신은 우리에게 그의 모습을 매일, 매해 보여준다. 그러나 우리는 그것을 보지 않는다.

손자가 생기고 칠십이 넘은 어머니께서 가끔 손자에게 먹일 보약을 다려오실 때가 있다. 그때마다 나는 누구에게랄 것 없이 경건한 마음이 된다. 생명을 돋우는 것은 다름 아니라 올바른 죽음을 맞이하자는 목소리로 이루어진 노래일지 모른다. 그것이 내 몸이 아니라 손자의 몸을 위할 때 그 행위 속에는 많은 함축이 숨어 있다. 그것이 완전한 타인일 때야 말해 무엇하랴.

노경은 완숙의 경지를 의미하므로 인생에서는 가장 아름다운 황금기임에 틀림없다. 나는 빨리 늙고 싶다.

음악 속에 있는 고요에 닿기 위하여

내 방 창 앞에는 감나무가 있는데 그 감나무에 열린 감이 붉어지기 시작했다. 그래서 나뭇가지 사이로 흰 구름이 지나다가 감이 열려 있는 데에 이르면 약간은 붉은 빛이 번지는 듯한 인상이다. 그것은 그대로 마음속에 인상파적 화면을 이룬다. 저 풍경을 그릴 수 있는 것은 아무래도 문장보다는 색채나 음표가 더 알맞지 않을까 싶다. 바람이 지나면 또 조금 흔들린다.

그토록 나는 창가에 앉아 있다. 지금 세상에서 이만한 여유를 갖기도 쉽지 않지만, 가을은 그러한 자리에 앉아 있어야

만 하는 의무의 시절이다. 코에서는 막 건초 냄새가 나는 듯하다. 한없이 푸근하게 뒹굴고 싶은 냄새가 지금 들길을 지나는 보행자의 온몸을 감쌀 것이다. 그 냄새는 우주의 젖내요 생명이 품은 비린내다. 한없이 삼켜도 배고프고 질리지 않는 그 풀 마르는 냄새를 맡으러 나는 지금이라도 빨리 짐을 꾸려 저 교외의 먼 곳으로 나가고 싶다.

얼마 전에 아는 분으로부터 음악을 받았다. 다닐 샤프란 Daniil Shafran이다. 몇 곡 들어본 기억이 있긴 하지만 내가 가져보는 첫 앨범인데 로베르트 슈만과 브람스, 쇼스타코비치의 곡들이다. 슈만의 그 유려함은 여름내 긁힌 마음을 '미장'해 주는 듯하고 브람스의 명상은 나도 모르게 저지른 일들의 반성문 같다. 쇼스타코비치는 일종의 더듬거리는 울음소리로 들린다. 그의 생애가 그러한 곡조를 만들었을 테지만, 이러한 해석도 아직껏 생소한 나의 삶의 어느 마디가 비로소 그의 음악들을 받아들이기 시작했기 때문일 것이다.

그 소리들을 틀어놓고 앉아 있으니 감나무가 움직임 하나 없이 귀를 기울이는 듯 고요하다. 그 많은 잎들이 모두 귀가 되어 나의 창, 나의 음악 쪽으로 기우는 듯싶다. 난 이러한 순간을 삶의 순간으로 알고 살아간다. 나와 내가, 나와 이 감나무가, 나와 이 창문이, 나와 이 감나무를 지나가는 뭉게구름이, 감의 빛깔이, 오전의 시간이, 옥상으로 올라가는 계단이 나의 몸에 붙어 있는 듯한 혼융의 순간이다. 어쩌면 이렇게 고요할까. 음악 속에 고요가 있다는 사실 또한 쉽지 않다. 음악을 들을 때는 음악 속에 있는 고요에 이르기 위함일 거라는 새로운 사실에 눈뜬다. 이 고요가 하나의 방이 되어서 언제나 나를 불러주길, 불러주길…….

이 음악들을 몇 번이고 들어서 귀에 넣고는 어디 김포 들판이라도, 아니라면 저 양평의 골짜기라도 가서 걸으며 꺼내 놓을 것이다. 빠른 새가 휙 지나치며 힐끗 나를 쳐다볼지 모르겠다.

나무라는

종교

꽃 진 자리마다 신록은 막 밀고 와서 이제 한가득이다. 마당이 밀물로 가득 찬 듯 설렌다. 한구석엔 석류를 한 주 사다 심고 또 복숭아와 매화도 한 주씩 사다가 심었다. 원래는 내 집에 속한 땅이 아니고 해서 비워둔 자리인데 그냥 공터로 두기엔 허전하고 아까웠다. 남의 땅이면 어떤가? 내가 그것을 갖자는 것이 아닐 바에야. 올해도 그것들이 자리를 잡고 올라오는 것을 구경하는 재미가 있을 것이다. 작년 것들은 이제 제자리임을 확인했다는 듯 의기양양하게 막 밀고 올라간다.

나무를 심는 일을 해본 지 몇 해쯤 된다. 물론 거창한 사업은 아니지만 주변에 심을 만한 자리를 찾아내면 그렇게 하고 있다. 돈이 좀 드는 일이지만 나무가 죽지 않고 사는 것이 확인될 즈음이면 본전 생각은 나지도 않는다. 그 돈으로 어디 가서 그만한 즐거움을 살 수 있겠는가. 서툴지만 스스로 즐거워서 하는 일이다. 심고 나서 저녁에 피곤한 몸을 뉘면 나무를 심는 일만큼 스스로에게 또 남에게, 더 나아가 전 인류에게까지 유익한 일도 드물 거라는 생각을 하게 된다.

나무를 심는 모습은 그 누구에게도 질투심을 주지 않는다. 장사를 해서 이득을 보면 이익을 준 입장이 있을 것이요, 공부를 해도 근본 공부가 아니라 남들과 비교해서 우위에 있는 것을 공부 잘한다고 하는 사회이니 모두 참은 아니다. 헌데 나무를 심는 행위는 어떤가? 나에게도 남에게도 모두 주는 일이니 과장하면 성스러운 일로까지 생각된다.

나무는 추운 겨울을 겸손히 견디는 모습으로 작은 깨우침을 주고 제 가진 성질대로 피워내는 여러 빛의 꽃으로 가슴 뛰는 즐거움을 준다. 잎의 빛과 그늘로는 시원함을 준다. 과학적 상식으로도 오염된 공기를 갈아준다고 하지 않던가? 가을이 되어 조락의 때가 오면 갈무리의 모습을 해마다 반복하며 인생에도 그러한 때가 오리라는 예감을 준다. 해마다 반복하는 나무의 뜻을 나는 혹 잊은 건 아닌지, 되물음으로 새긴다. 생각해놓고 보니 내 생각도 귀엽다.

엊그제 귀갓길에 보니 신록 사이로 빨간 연등을 거는 모습을 볼 수 있었다. 우리 동네에 있는 절의 신록은 높고 높은데 그 높다란 신록 사이를 연결하는 연등은 더할 나위 없는 조화의 아름다움을 연출했다. 헌데 그보다 더 아름다운 건 그 아래쪽 하늘에 걸려 있었다. "부처님 오신 날을 축하합니다. ○○○성당"이라는 구절의 플래카드였다.

그 절에서 얼마 떨어지지 않은 위치에 성당이 있는데, 빨간 벽돌 건물로 아기자기 지어진 크지 않은 건물이다. 작년 겨울 그 앞을 지나던 생각이 난다. 크리스마스 트리가 과히 화려하지 않을 만큼 멋들어지게 반짝이고 있었던 것이다. 그런데 그보다 더 멋졌던 것은 그러한 불빛들이 아니라 좀 더 위쪽 하늘에 있었다. "예수님 탄신을 진심으로 축하합니다. ○○사 신도 일동"

종교인들의 성숙을 보여주는 모습이 아닐 수 없다. 언젠가 경상도 어느 산골의 절에 갔다가 낯설다면 낯선 풍경을 본 이래로 나는 희망을 본 듯 훈훈했었다. 그때도 부처님 오신 날 즈음이었는데 수녀님이 대웅전 안에서 연꽃 만드는 일을 하고 있었던 것이다. 사연인즉 그 수녀님의 쌍둥이 동생이 그 절의 비구니라는 것이었다. 둘 사이엔 아무런 담이 없음을, 거리낌도 무엇도 없음을 안다.

그 이후 나는 부처님 오신 날이 가까워지면 하는 한 가지 버릇이 생겼는데, 개신교 앞을 지나갈 때 무엇인가를 찾아보게 되는 것이다. 무엇을 찾는 것일까? 헌데 내 눈이 나쁜 것인지 아직 찾아내지는 못했다.

몇 해 전, 전남에 위치한 어느 고찰의 유서 깊은 탱화에 누군가 몰래 십자가를 그려 넣어 훼손했다는 보도를 보고는 가슴이 터질 듯 답답해져오는 것을 느꼈었다. 그 절의 입장에서는 폭격을 맞은 심정이었을 것이다. 이라크인의 그 심정 말이다. 그러한 행위의 가슴에 나무를 심고 싶다고 하면 너무 감상에 빠진 것일까? 아니면 나의 소박한 생각을 너무 높이는 결과가 되는 셈인가? 그래도 할 수 없다. 어떤 나무에도 십자가나 마리아상이나 불상이 있지 않다. 그러면서도 십자가요, 마리아상이요, 불상이지 않은가? 연등 아래를 지나가며 하는 비종교인의 생각이다.

간이역은 일상을 기다린다

1.

비누 곽, 소금, 후추, 가위, 야채(오이 내지 풋고추), 소고기 반 근, 냉장고 방향제. 오늘 저녁 읍내(읍내라고 해봐야 말 그대로 '읍'도 아닌 면 소재지의 조그만 간이역이 있는, 전등 빛이 좀 많은 곳일 뿐이지만)에 나가 사와야 할 물품들이다.

눈치챘겠지만 이제 막 이 고장에 와서 살림을 시작한 지 삼 일째가 되어가는 한 홀아비의 푸념이다. 때아닌 홀아비가 된 나는(왜 홀아비가 되었는지는 독자들의 흥미를 위해서 상상에 맡기는 것이 좋겠다) 마을 입구에 개 사육장이 있어서 들어올 때마다 실로 이맛살이 찌푸려지는 개 짖는 소리를 뚫고 이 마을로 들어서곤 하는데, 또다시 그 소리를 들으면서 마을을 빠져나갈 일이 좀 끔찍하게 여겨진다.

느지막이 일어나 대충 조반이랍시고 김치 삶은 것에 누렇게 말라붙은 전기밥통의 밥 두어 덩이를 물에 말아서 들이켜고는, 모처럼 푹한 날 덕에 햇빛 속에 들어가 앉아 바위나 쳐다보고 보낸 하루였다.

컨테이너란 것을 꾸며 만든 살림이었다. 마침 그것이 놓인 옆자리엔 세 기의 봉긋한 묘가 있었다. 벌초를 거른 것 같지는 않았으나 그 흔한 규격품 빗돌 하나 서 있지 않은 걸 봐서, 그저 나서 땅이나 파다가 가까운 이 자리로 온 동네의 옛 어느 늙은이들이거니 싶었다. 처음엔 좀 께름직한 바 없지 않았으나, 그저 우리네 삶의 종말이 저러려니 생각하니 되레 정답기조차 하여 묘들과 사귀는 게 좋겠다고 결론 내린 바였다.

그 묘 곁에 제법 모양이 되는 커다란 황소보다도 좀 큰 바위가 누워 있었다. 나는 그 바위 곁 잔디에 앉았던 거였다. 오랜만에 따뜻한 볕이 말로 쏟아지는데 거기 앉아 바위를 들여다보니 무슨 말이라도 시키고 싶도록 정답기 그지없었다. 추위로 말라붙은 이끼의 아랫도리는 그대로 바랜 연두색을 띄고 있었다. 뒤편에 아직 덜 녹은 게 있었던지 눈석임물이 바위 허리로 스며 내렸다.

2.

"우리는 고객의 시간을 소중히 생각하겠습니다." 역은 한산하지만 그 한산함이 나 같은 사람을 도드라져 보이게 한다. 싫을 것도 좋을 것도 없다. 화장실 쪽에서 갑자기 여자아이의 비명이 찢어진다. 꼭 예닐곱 살 된 아이가 놀란 소리인데 나는 덩달아 화들짝 놀라 돌아본다. 이내 나는 유리문이 잘 맞지 않아 여닫히면서 나는 소리라는 것을 알아차린다.

이런 시골 역에 나오는 것은 설레는 일 중 하나다. 누군가를 마중하기 위한 시간이기 때문이다. 나와 같은 홀아비의 단출한 겨울 일과에는 이 또한 비중 있는 일이 되는 셈이다.

수정다방, 석유 스토브에 새파란 불꽃을 접시만 하게 돌려놓고는 중년의 두 여자가 앉아 있다. 좀 놀란 듯 반쯤 일어서며 낯선 손을 맞이한다. 안쪽, 그러니까 출입구에서는 안쪽에 해당되는 창에 거꾸로 '수정다방'이란 썬팅 글자가 궁체로 붙어 있고 그 창 안쪽에 바람막이로 비닐을 쳤다. 그 아래에 연신 삐리릭 삐리릭 소리를 내며 월남전이나 해병대 전우

회 모자에 해당될 만한 시뻘건 모자를 삐딱하게 눌러쓴 백발의 중늙은이가 앉아 있다. 천장에 매달려 있는 컬러 TV(꼭 컬러 TV라고 불러야 할 만한)가 연속극을 내보내고 있는데 주방 쪽에서 "견미리도 예뻐, 애를 하나 낳고……" 어쩌고 하면서 등장인물을 해설하는 소리가 들린다.

김이 모락모락 피어나는 엽차 잔이 왔다. 커피를 주문했는데 주방에서 내 소리를 들었는지 "진하게 드세요, 약하게 드세요?" 하고 큰소리로 말한다. 나는 "적당히 주세요." 한다.

탁자 위에는 역시 종이로 된, 나무 두레박 무늬를 한 화분이 있다. 종이꽃. 분홍빛이다. 담배 향이 짙은 분홍 꽃, 이름이 있을 리 없다. 그 곁에 커다란 국그릇만 한 재떨이가 늠름하다. '왕궁단란주점'이 광고용으로 기증한 모양이다. 붉은 글자가 바닥에 새겨져 있다.

젊다고 하긴 어려운 종업원이 할아버지에게 커피를 타 가지고 가서 곁에 앉아 크림과 설탕을 넣어 저으며 나에게 그렇게 했듯이 "오예, 오예!" 소리친다. 삐리릭 소리 요란하다.

3.

누구를 기다리는 걸까, 잔뜩 웅크린 서른 중반의 사내는 여기저기 두리번거리고 있다. 환하게 불 켠 역무원 사무실 맞은편 벽에 흰빛과 분홍빛의 백합꽃들이 걸려 있다. 역시 종이꽃일 것이다. 들어오는 것이든 나가는 것이든 시간은 아직 먼 모양이다.

시골 간이역장을 장래 희망으로 잠시 생각해본 적이 있다. 성인이 된 이후에도 잠깐 잠깐씩 드는 생각이었다. 낭만이란 얼마나 맹랑한 것인가. 실현 가능성과는 전혀 관계없는 꿈인데도 왜 우리들은 그런 생각을 삶의 고비 때마다 하게 되는 것일까? 떠나는 자를 떠나게 하고 찾아오는 자를 맞는 것이 직업이라니. 만약 그 직업이 정작 내내 감성 속에서 진행된다면 아마도 매일같이 눈물 바람일 게다.

대합실에서의 사람들 표정이 여느 장소의 그것과 사뭇 다르다는 것만은 확실하다. 마중하는 사람이든 전송하는 사람이든, 심지 아래에서는 뭔가 쉬이 짐작하기 어려운 감정의 즙액들이 부지런히 오르내리고 있음을 짐작할 수 있다.

짧게 "빵!" 하고는 화물차가 들어온다. 혹 딴 생각하고 있는지도 모를 역무원을 깨우는 신호다. 다른 누가 들을 필요는 전혀 없는 소리로, 그저 서로 아는 사이끼리의 인사라고 해도 되겠다. 그 짧은 기적 속에서 아주 긴 여운이 번져나간다. 여러 다발의 이야깃거리들이 그 기적 속에는 느껴진다. 지난 명절은 어떠했는가, 노모의 건강은 어떠하신가, 지난번 언짢았던 일은 잊어주기 바란다, 같은 간절함에서부터 가볍고 싱거우나 인생 전체에서는 수월치 않게 중요한 농담에 이르기까지. 만화경 속처럼 여러 빛을 발하는 말들의 함축이 그 속에는 숨어 있다.

내게 이러한 자그만 간이역을 사랑하지 않을 도리란 없다. 포대기를 폭 씌운 애기를 업은 젊은 부인이 나타났다. 아마도 첫 아이리라. 저 부인은 기차 시간을 잘 알 것이다. 아니나 다를까 예의 그 "빵!" 하는 짧은 기적 소리가 곧 들려온다. 이번엔 그 톤이 전번의 그것과는 사뭇 다르다. 말의 종류도 다른 것일까? 내 하찮은 궁금증이 맞았는지 이번 열차는 그냥 통과하는 열차다. 그래도 젊은 부인은 실망하는 눈치가 아니다. 그녀에게는 확고한 믿음이 있는 것이다. 그 약속된 믿음이란 얼마나 훈훈한 것인가? 곧 또 다른 기차가 들어오리라. 많아야 두서넛일 늦은 시간의 여객 중 한 사람의 미소를 떠올려본다.

조금씩 성에가 짙어져가는 대합실의 북쪽 유리창에 희미

하게 반달이 걸렸다. 저 달은 여물어서 대보름이 된다. 헌데 나는 누구도 맞이한 사람이 없었으니 사람의 일생이란 참 이상한 국면도 있는 것이라고 뒤늦게 나는 중얼거린다.

보랏빛 구절초 앞에 앉아보는 일

여름은 이제 아주 간 모양이다. 금방이라도 찬 물속으로 뛰어들고 싶게 하던 뙤약볕도 다 식어서 홑겹으로 지내기도 여간 쓸쓸한 게 아니다. 들에 나갔더니 보랏빛 구절초가 어디서 왔는지 호젓하고도 찬란한 태를 빛내고 있다. 그저 그러려니 하고 지나가다가도 다가서 꽃 앞에 바투 앉아 들여다보면 그것이 곧 신비다. 이 빛은 어디서 왔는가! 도대체 어디에서 온 것인가!

간혹 한가해지거나 하면 내 손등을 물끄러미 내려다볼 때가 있다. 내 몸 중에서 내 눈이 가장 잘 볼 수 있는 곳이 손이니 그럴 테지만, 손을 바라보면 제 육신에 대해 연민을 갖게 된다. 밥을 먹고, 펜을 쥐고, 백묵을 쥐고, 때로 타인의 몸을 만지고, 나무를 다듬고, 물을 긷고, 사랑의 표시도 하고, 죄도 지었을 손바닥이요 손등이다. 전번에 볼 때와 크게 변한 것도 없으련만 나날이 달라진다는 기분을 지울 수 없다. 그런 날은 다른 날과는 달리 스스로를 한결 낮고 작게 만든 듯, 부드럽고 넓게 시간을 보낸 듯하다. 오랜만에 반성의 시간을 보낸 듯 편안해진다.

인간사에서 가장 큰 사건을 흔히 혁명이라고 부른다. 한 사회를 전혀 다른 방향 또는 차원으로 트고 진입하며 계속해서 나아가게 하는 것이다. 물론 그것은 다수의 의견, 다수의 소망이 행동화되어 나아가는 것을 전제할 때라야 혁명이라 부를 수 있을 것이다.

한 개인에게 있어 혁명이란 어떤 것일까. 이전과 다른 차원으로 자기를 높여가는 계기를 갖는 일일 것이다. 그것은 간단하게는 가을 들판에 나아가 구절초 꽃 빛 앞에 앉아보는 일이요, 손바닥을 유심히 들여다보는 일이다. 이게 무엇인가! 나를 이 앞에 앉게 한 것, 이것이 무엇인가? 그것이 혁신이다. 그 질문을 갖는 순간 나는 이미 달라져 있는 것이다.

2

대를 심는 일

대竹를 좀 심어놓고 바라보자고 생각한 지 오래였다. 어린 시절 뒤뜰이 다 참대 숲이었다. 거기서 오는 소리는 지금도 뒷골에 서늘하고 시원하게 울린다. 저녁이면 맨 먼저 그 숲에 어둠이 깃들었고, 곧이어 집을 에워쌌다. 무서웠다. 그러나 자라면서 거기에 어둠과 함께 참새들도 깃든다는 사실을 알고부터 무섬증은 점차 묽어지고 사라져갔다. 저물녘 찾아들어 지저귀던 새들. 지금도 그 기억 쪽에 귀를 대면 왁자하다. 살아 있는 것이 함께한다는 것은 무서움을 씻어주기에 족한 것인가? 다 그러하진 않을 것이다. 그것이 새였으니 그러했을 것이다.

왕대나무를 보고 '아, 나도 저것을 내 집 근처에 심어서 듣고 보리라.' 마음먹은 것은 아마도 초등학생 시절부터였으리라. 고모 집에 왕대나무 숲이 있었다. 그 격이 달랐다. 당시 나에게 그것의 실용성은 낚싯대를 만드는 것에 머물렀지만 그 실용성을 넘어서는 기품을 아는 조숙이 내겐 있었던 듯 싶다. 무슨 견문이 있어서라기보다는 그냥 그랬다는 것이다. 소나무 같은 수종이 좋아진 것은 한참 이후지만 대나무만은 유독 어릴 때부터 그러했으니 내 유전인자에 대나무와 얽힌 무엇이 있는 건지 알 수 없다.

그런데 대나무를 심어볼 만한 데는 없었다. 아버지 장례 후에 내 몫이라고 시골에 두어 뼘의 밭이 주어졌다. 거기에 심어볼까 했지만 나무를 옮겨 심어야 하는 철에 맞추어, 무인지경의 산 중턱 잡목들이 우거진 묵은 밭을 찾아가 대나무를 심는 일도 참 무지막지한 일이 아닌가.

궁리 끝에 오르내리던 계단을 없애기로 마음먹었다. 계단을 없애면 출입은 어떻게 한단 말인가. 새로이 계단 놓을 자리를 다시 궁리하기 시작했다. 남들이 보면 쓸데없는 고민이

근 일 년 만에 해결이 되고 업자를 불렀다. 철거 업자와 계단 시공업자가 다녀가고 견적이 나왔다. 내 연봉과 맞먹는 지경이었다. 다시 그 쓸데없는 고민을 포기할까 망설이기를 몇 달. 마음속엔 이미 대나무 숲이 무성했지만 마당은 비어 있었다.

그러나 드디어 계단은 앞쪽 살구나무 아래로 옮겨졌다. 좀 옹색하지만 살구꽃이 피면 꽃 속을 들락거리는 맛이 있을 것이다. 계단 아래쪽을 파내니 제법 햇빛이 들어오는 땅이 생겼다.

그렇게 하여 대나무 네 그루가 서 있게 되었다. 창 앞에 둘, 계단을 앞뒤로 하여 하나씩 둘. 손을 씻고 나니 저녁이었다. 바람이 불자 대는 유유하게 흔들렸고 잎은 명랑하게 팔랑였다. 그 소리가 우수수 쏟아져 내렸다. 손바닥을 펼쳐서 모두 받아내고 싶은 반갑고 반가운 소리들이었다. 댓잎들이 가로등 빛에 반짝였다.

방 안으로 들어가 창을 열어보았다. 기다란 창에 대나무가 어렸다. 그대로 실경의 시푸른 병풍이었다. 잘 살아서 몇 년 사이 수가 늘어난다면 새가 깃들 수 있으려나? 그중 몇은 잘라서 피리도 만들 수 있으려나? 회초리를 만들 수 있으려나? 계단이 있던 자리에 대나무가 서 있으니 나는 새로운 계단을 가진 셈인데, 이 계단으로는 내 정신을 높이련다.

옛사람의 글에서 대나무는 어렵지 않게 만날 수 있다. 그 글들이 나로 하여금 이렇게 대나무를 심고 바라보게 하는 간절함을 주었는지 알 수 없지만, 나는 새삼 이렇게 거창한 생각도 하게끔 되었다. 내가 이 세상에서 인류 평화를 위해 구체적으로 한 유일한 일은 이 대나무를 심는 일, 더불어 몇 그루의 나무를 심은 일이 아닌가. 인류 평화를 위해서? 인류 평화를 위해서! 이 대나무가 잘 살아준다면, 또한 더불어 심은 단풍나무, 사철나무, 청매실, 홍매화, 산수유, 구상나무 들이 잘 살아 자라준다면 나는 그 대나무 아래 앉아서 다시 술을 먹겠다. 인류 평화를 위해서! 인류 평화를 위해서?

초승달 아래 우리들의 주소지

내가 사는 주소지인 성북동을 어쩌다 밝히게 되면 대뜸 "그 대단한 동네 말이죠?" 한다. 어떨 때는 "좋은 동네 사시네요." 한다. 이상하게도 모두 뼈가 느껴지는 말들이다. 부촌이자 예전 큰 도둑들이 자신들의 활동 무대로 이름을 빛낸 동네다. 언젠가 택시를 탔더니 성처럼 우뚝한 집들이 즐비한 쪽을 가리키며 "저쪽을 도둑놈 촌이라고 하지 않습니까." 하는 거였다. "도둑이 많다는 뜻일 텐데……." 하며 씁쓰레 웃었던 기억이 난다. 하여튼 그 알 수 없는 의중의 "거기 굉장한 동넨데……"라는 말을 남기면 나는 공연히 쓴 입맛을 다시게 된다. 그러고는 "그렇죠……." 하고 한참 있다가, "헌데 성북동에는 성북동이 있고 성북동 비둘기가 있죠"라는 식으로 대답한다.

이어서 "내가 사는 덴 비둘기 쪽이죠"라고 말하면 대개는 알아듣는다. 부자들, 세력가들이 사는 동네와 지금도 연탄을 때는 집이 아주 흔한 우리가 사는 쪽을 나는 구별하지 않을 수 없는 무엇에 시달린다. 그래서 편의상 그렇게 불러보는 것이다. 그렇게 나는 정확하게는 성북동에 사는 게 아니라 '성북동 비둘기'라는 시적인 동네(?)에 사는 셈이 된다. 굳이 구획을 지어보자면 성이 바라보이는 곳에 사는 사람들이 성북동에 사는 것이고, 성 바로 아래서 성을 등지고 사는 사람들은 '성북동 비둘기'가 된다.

또 성북동에 있는 많은 집의 경우 문패가 세콤이나 캡스 같은 것이다. 평창동 같은 델 다녀보아도 역시 이름 대신 사설 경비업체에 가입한 집이라는 문패를 단 집들이 많다. 그러나 여기 '성북동 비둘기'에 그런 건 없다. 모두 집집마다 아무개라는 문패가 달려 있는 게 다정하다. 캡스나 에스원이나 세콤은 단 한 집도 보지 못했다. 허 참, 재밌는 발견이다.

주소가 제목으로 된 시가 있다. 백석의 〈남신의주 유동 박시봉방〉이라는 시다. 역시 곁방살이를 하는 사람의 주소다. '박시봉방'이라는 말은 박시봉이라는 사람 집에 거처한다는 뜻이다.

> 어느 사이에 나는 아내도 없고, 또,
> 아내와 같이 살던 집도 없어지고,
> 그리고 살뜰한 부모며 동생들과도 멀리 떨어져서,
> 그 어느 바람 세인 쓸쓸한 거리 끝에 헤매이었다.
> 바로 날도 저물어서,
> 바람은 더욱 세게 불고, 추위는 점점 더해 오는데,
> 나는 어느 木手네 집 헌 샷을 깐,
> 한 방에 들어서 쥔을 붙이었다.
> (후략)

꽤 긴 시여서 다 인용할 수는 없으니 아직 읽어보지 못한 사람은 꼭 찾아 읽어볼 일이다. 백석이 살던 시대며 풍속이 깊고 정갈하게 드러난 서글픔의 시다. 그래서 시대의 주소가 된 시다. '남의집살이 설움'이라는 말이 있듯이 변두리적 삶

의 적적함은 적적함에만 머물지 않는다. 하여 지금 내가 사는 이 주소지란 과연 그 실체가 무엇이란 말인가, 하고 되묻게 된다. 문패를 단 이 집이 과연 나의 집이란 말인가. 나의 삶이란 이렇게 옹색하게 이어지다가 마는 것인가, 라고. 그 물음은 나의 본래의 자리로까지 거슬러 올라간다. 김종삼은 우리들의 본적을 말해준다.

> 나의 本籍은 늦가을 햇볕 쪼이는 마른 잎이다. 밟으면 깨어지는 소리가 난다.
>
> 나의 本籍은 巨大한 溪谷이다.
>
> (중략)
>
> 나의 本籍은 人類의 짚신이고 맨발이다.

밟으면 깨어지는 소리가 나는 본적지라니. 인류의 짚신이고 맨발인 본적지라니. 그건 내가 짚신이고 맨발 같은 존재라는 말이겠지만 이 사실은 얼마나 겸손하고도 거대한가.

엊그제 저녁이다. 집 뒤의 성城 쪽으로 오랜만에 산책을 나갔다. 내려다보이는 서울 시내의 불빛들이 조금씩 조금씩 선명해지는 어둠이 오고 서늘한 기운이 살갗에 적당한 긴장을 입혀주는데, 우연히 닿은 시선 끝에 초승달이 걸렸다. 말 그대로 초사흘 달이었다. 나도 모르게 음악 소리가 기억의 유성기 판에서 흘러나왔다.

바람이 서늘도 하여 뜰 앞에 나섰더니
西山 머리에 하늘은 구름을 벗어나고
산뜻한 초사흘 달이 별과 함께 나오더라

달은 넘어가고 별만 서로 반짝인다
저 별은 뉘 별이며 내 별 또한 어느 게오
잠자코 호올로 서서 별을 헤어보노라

가람 이병기의 시조다. 마침 내 생일이 음력으로 초나흘인데 그에 비기는 초승달을 쳐다보기도 거의 처음인 듯했다. 우리 어머니도 나를 낳을 때 저만한 달을 바라보시었겠다는 생각에 미치자 유감이 없지 않았다. 나는 저 초승달이 뜨는 마을에서 태어났고 지금도 저 초승달이 뜨는 마을에서 살고 있다. 전쟁이 휩쓸고 간 인류 최고 문명의 후손들에게도 저렇

듯 초승달이 떠오를 테고 이제 막 사랑을 시작하는 풋청춘들의 마음속에도 저러한 초승달이 떠오를 것이다. 혹 저 초승달 아래를 우리들의 주소지라 하면 안 될까?

뉴스는 거의 매일 부동산, 주택 정책과 집값, 특히 강남의 그것에 대한 새로운 정보를 일러준다. 강남은 이제 자체로 하나의 벨트를 쳐놓았다는 인상을 준다. 그곳 집값의 이면에는 '이제 입장료를 내라'는 메시지가 숨어 있다. 씁쓸한 이야기다. 친구 따라 강남 간다는 말이 있지만 이제 강남은 친구 따라 갈 수 있는 데가 아닌, 제비들이나 마음대로 철 따라 다녀올 수 있는 곳이 된 모양이다. 그들의 주소지에도 초사흘 달이 뜨는지 궁금하다.

나의 아버지가 맨 처음 집을 장만하여 문패를 달면서 생각한 것은 무엇이었을까? 아 이제 내게도 마음대로 발 뻗을 수 있는 지상의 방 한 칸이 생겼구나, 하는 안도감이었을 것이다. 그러나 그 주소는 영원한 것이 되지 못했다.

나의 주소지에 대해서도 생각해본다. '성북구 성북동 몇 번지'라는 세속적이고도 속된 주소지가 아닌 내 정신과 숨결과 꿈이 사는 주소지 말이다. 그곳은 저 초사흘 달 아래의 새파란 어둠 속 어디쯤이 되어야 하는 게 아닐까? 그래야 영원한 주소지가 될 테니까. 초나흘이 생일인 나에게는 더더욱. 저마다 그렇게 소망하게 될 때의 화평이 이 세상을 좀 더 아름답게 할지도 모른다.

달 아래 서너 걸음 거리에 있는, 낯 씻고 나온 별자리의 이름도 궁금하다. 이웃이 되는 셈이니까.

처마에서 떨어지는 빗물로 쓴 글

며칠 동안 큰비가 휘몰아쳤다. 장마는 언제 지나갔나 싶었는데 느닷없이 도래한 비바람이다. 천문에 대한 지식이 없으므로 왜 그런지도 알 수 없이, 저 옛날 산골 민초들이 영문 모르게 전쟁을 만나듯이 그렇게 맞이할 뿐이다. 국지성, 게릴라성 등등의 수식이 붙는 비라는 사실만 사실로서 받아들일 수 있다.

마당귀에 나가 보면 자라는 나무의 햇가지들이 축축 휘어져 머리 저 위에 있던 것이 이마에 닿는다. 그러나 쉬이 꺾어지지 않는 것은 비바람을 맞아 무거움을 이기느라 잠시 숙였다가 다시 일어나려는 것이리라. 역시 태생의 지혜를 품은 자연이다.

비가 며칠 계속되어 외출할 일이 있어도 핑계 댈 정도가 되면 생각나는 장면이 하나 있다. 요 몇 년 전에 보게 된 이제현李齊賢의 국역《익재집益齋集》중〈역옹패설櫟翁稗說〉의 서문이다. 물론 익재집을 다 읽었다는 뜻은 아니고 서문만 보게 되었는데 아주 인상적인 문장이 내내 뇌리에 남는다.

> "지정 임오년(서기 1342년) 여름에 비가 줄곧 달포를 내려 들어앉았는데 찾아오는 사람도 없어 답답한 마음을 참을 수 없었다. 버루를 들고 나가 저마에서 떨어지는 빗물을 받아 벼룻물을 하여, 친구들 사이에 오간 편지 조각들을 이어 붙인 다음, 생각나는 대로 그 이어 붙인 편지 뒷면에 적고서 끝에다 역옹패설이라고 썼다."

바로 이 장면이다. 지금이야 그럴 일이 없다. 넘쳐나는 것이 볼펜이요, 갖가지 종류의 일회용 필기구들이다. 종이가 좀 구겨지면 버리는 데 하나도 거리낌이 없는 시대다. 더 나아가 아예 필기를 직접 할 일도 드물다. 잡을 수도 만질 수도 없는,

마치 허공과도 같은 화면에다가 열 손가락들을 놀려서 글자를 집어넣는 시대가 아닌가. 전적으로 마음을 내보이는 편지글마저도 그렇게 보내는 시대이니 친구들과 오간 편지지들을 이어 붙여 그 뒤에 적었다는 말은 차라리 낭만적이기조차 하다.

그러나 그럴수록 나는 이 장면이 소중하고 아름답고 귀하다. 한 늙은 시인, 처사處士가 비에 막혀 집에서 나설 수 없다. 또한 오랫동안 아무에게도 소식이 없다. 속에서 일어나는 꽃발과도 같은 이야기들을 주체할 수 없는 노시인은 처마 끝에 나가 벼루에 물을 받는다. 그러한 그의 눈길이 어디 벼루 끝에만 머물렀겠는가. 그 빗소리에도, 운무에 휩싸여 저만큼 물러난 앞산과 그 건너 산에도, 길이 꼬부라져 나아간 개울가의 물길에도 머물렀을 것이 아닌가. 내내 개울 건너는 사람 하나 보이지 않는 섭섭함은 왜 없었겠는가.

그러는 동안 몇 번이고 물은 벼루에서 흘러넘쳤을지 모른다. 그러면 쏟아버리고 다시 적당량을 받느라 몇 번이고 반복했을 것이 분명하다. 그 늙은이의 무명옷 실루엣 끝에 어린 희미한 빛들은 다 모아도 한 움큼을 넘지 못했을 것이다. 그러한 한 단락의 과정, 그 과정을 일러 마땅히 '삶'이라고 불러야 하지 않을까. 적막하고 소슬한 심사마저도 감미로워지는 그러한 시간을 나는 정작 아름다운 열락의 시간이라고 부르고 싶다.

하루는 깊은 산중에서 큰비를 맞았다. 비가 휘몰아치는데 새들은 다 어디에 숨어 있는 것일까. 짐승들은 어느 거처에서 이 비를 긋고 있는 것일까 궁금해졌다. 이 급류 속에서 물고기들은 어떻게 살아남을까, 모두 비 지나가면 무슨 일이 있었나 싶게 본래 생으로 돌아가는 것들이다. 아무리 큰비가 지나가도 산짐승, 새 새끼 어느 하나 피해 본 것을 본 적 없다. 생각해보면 신비나.

그러나 신비가 아니다. 인간도 원래는 그러한 존재들이 아니었겠는가. 마땅히 짓지 않아야 할 곳에 집을 지으면 마침내 큰비에 무너지는 이치가 신비가 아니듯이 말이다. 큰비가 오면 마땅히 집에 머물러야 하고 겸손히 바라보고 배우고 기다려야 한다. 그러나 저 익재 선생처럼 벼루에 빗물을 받아다가 꽃밭같이 자라오르는 가슴의 이야기를 먹으로 천천히 적어나가는 삶은 정작 꿈일 모양이다.

고향에만 있는,
낮은 한가위 달

한가위 달이 저제의 보름달보다 더 클 리 없지만 한결 커 보인다. 오랜 관행대로 이 달만은 눈여겨보기 때문일 것이다. 뭐든 눈여겨보면 유심한 것이 된다. 달에게 뭘 빌고 하는 것은 이제 아주 없어진 줄 안다. 아주 어린아이들도 달에 사람이 갔었다는 사실을 들어서 아는 시대가 되었으므로 그것의 신령스러움은 싱거운 농담보다도 못한 전설이 되었다.

아이들에게 지식이랍시고 달에 사람이 갔었다는 식의 풍월을 알려주는 것은 좋지 않다고 확고히 믿는 편이다. 공연히 달을 둘러싼 수많은 전설과 상상과 꿈과 창조적 해석을 일시에 뭉개버리는 꼴이다. 알고 나면 싱겁게 여기는 것이 사람의 마음이다. 달이라고 하는 오랜 인류의 친구가 신령스러움을 잃어버리고 나니 밤은 그만큼 심심한 것이 된 셈이다. 인류에게 진리는 끝까지 제 정체에 대해서 함구하는 가운데 살아남을지도 모른다.

그런데도 팔월 한가위의 위력은 대단하다. 여전히 '민족의 이동'을 운운하고 있으니 싱거운 상상을 들이대면 '한반도가 기우뚱해질 정도'다. 그럴 때는 달에게 속 깊은 소망 같은 것을 빌 수 있는 시대가 사라졌다는 것이 좀 아쉽다.

몇 번 집의 현관문 앞에서 건너편 성 위로 떠오르는 달을 보며 "저 달 좀 봐라." 하고 내실의 아이들에게 말한 적이 있다. "어디?" 하면서 내다보다가 이내 들어가는 아이들의 마음속에 달의 무엇이 새겨졌을지 알지 못한다. 그저 그렇게 하고 싶었을 뿐이다.

이태백이 보던 달이요, 소월이 보던 달이다. 예수, 석가모니, 공자가 보던 달이요, 나의 할아버지, 할머니, 아버지, 어머니 들이 보던 달이요, 선생님들이 보던 달이다. 그들의 젖은 눈빛들이 묻어 있는 달이요, 가난이, 그리움이, 때로는 비통이 묻어 있는 달이다. 그 달을 보러 고향으로 향하는 것인지 모른다. 그 달은 고향에만, 고향의 꼭 그 자리에만 있을 것이기 때문이다. 고향의 꼭 그 자리!

나도 고향을 다녀왔다. 그러나 그것은 추석을 맞아 다녀온 것이 아니라 다녀와야 추석을 맞이하는 것, 이른바 벌초의 의무 때문이었다. 굳이 의무라고 한 데에는 솔직히 즐겨 간 내심은 아니었기 때문이다. 의무였으니 남다른 정성이 있을 리 없었고 그럴 필요까지도 느끼지 못했다. 벌초를 하면서 조상의 은덕 운운하는 것처럼 섣부른 효심의 과장도 없다고 보는 편이다. 생전 보지도 듣지도 못한 조상의 도움에 대해 도대체 실감이 있다는 사람들의 면면이 궁금하다. 어느 목사의 말이 생각난다. 평생 예수를 믿으라고 매주 힘주어 강조했지만 정작 그것이 무엇인지 깨닫기 전까지 자기 자신은 믿음이 가지 않았다는 솔직한 고백이었다.

어머니와 형님과의 동행이 그래도 좋았다. 묘들을 둘러보면서 어머니는 생전의 의무이니 죽기까지는 한다고 말했다. 앞으로 몇 번이나 당신의 의무를 더 할 수 있을까. 혹 이번이 마지막은 아닐까? 방정맞은 생각까지 이르자 내 마음은 조금 새파래졌다. 형님은 말이 없었다. 우리들이 거쳐 나왔을 땅속의 조상들이 뭐라고 말하는지 들어볼 것 같으면, 이제 우리 형제들도 몇십 년이 흐르면 이렇게 될 거라는 소식뿐이다. 한없이 편안하고 낮고 조용한 소리로 둥그런 무덤 둘레를 감도는 목소리였다. 묏등에 올라가서 나뭇가지를 꺾어 내리면서는 '뭘 줘야지. 이렇게 돌봐주면 뭘 좀 줘야할 것 아닌가? 거, 거시기…….' 하면서 한쪽 귀퉁이가 허전한 농담을 쏟아놓기도 하였다.

형님과 나는 낚시를 핑계 삼아 바닷가에 앉았다. 애초에 고기를 잡을 수 있으리란 기대는 없었는지 모른다. 오랜만에 그저 그렇게 앉아 있고 싶었던 것이다. 썰물이었고 물결은 호수보다도 잔잔했다. 소주를 한 잔씩 나누고 있는데 구름 속에서 달이 나왔다. 보름을 이틀인가 앞둔 달이지만 온전히 여물어 보였다. 기계로 그린 동그라미가 아닌, 손으로 그린 동그라미의 전형이다.

동그라미는 컴퍼스로 그린 것보다 손으로 그린 것이 아름답다. 왜 그런가? 거기엔 호흡이 묻어 있기 때문이다. 호흡이 생명이다. 생명이 느껴져야 아름다운 것이다. 사람의 움직임이 아름다운 것이다. 사람의 움직임이라니! 숨죽여 그린 저

동그라미! 우리의 옛 도자기에서도 저러한 둥긂의 아름다움을 발견할 수 있기에 그토록 애지중지 항아리를 모았다는 화가 김환기의 글을 전에 읽었다.

잔잔한 물결 위로 한없이 떨면서 퍼져나가는 달빛은 모처럼 여유를 주었다. 낚시에 웬만한 취미가 있던 형이지만 어부가 아니니 물고기를 꼭 잡아야 할 필요는 없었다. 또 한 잔의 소주를 마셨다. 잘난 것 하나 없어 고향에 오기가 꺼려진다는 형과 동행하길 고집한 이유가 뭔지 모르겠다. 여하튼 둥그런 달의 가장자리에 형제는 둘러앉아 잔잔한 물결 소리 섞인 소주를 달게 마셨다. 이젠 아무런 탓할 것도, 감사할 것도 없는 중년으로 접어 들어가는 소리를 함께 듣고 있었는지 모른다.

낮은 추석을 지내고 이혼이 되어 혼자 사는 형을 내려준 뒤 집으로 오는 보름날의 저녁 길에서, 한없이 한없이 마음이 무거웠다. 한가위의 달은 아주 늦어서야 구름 속에서 나왔다.

소중한 나의 스승

비가 긁더니 아침엔 기어이 다 얼어붙고 간간이 눈발이 날린다. 바람도 드세서 듬성듬성 서 있는 대나무들은 인동忍冬의 막바지 참을성을 시험받는 듯 어느 하나 예외 없이 진저리를 치며 휜다. 저 찬바람을 견디기만 하면 대나무는 살아남을 것이다. 대나무 정도나 모양 나게 길러보자는 취미의 주인으로서 막바지 삼월의 추위가 위태로워 보이기만 하다. 이제 막 올라온 튤립 싹도 얼어붙을 것만 같은 날이다. 샤갈의 마을에는 삼월에 눈이 온다고 쓴 김춘수 선생의 그 삼월이다.

러시아 어느 외진 고을은 샤갈을 낳아서 우리나라 시인뿐

만 아니라 전 세계인이 품는 마을이 되었지만, 내가 사는 동네는 그저 장삼이사張三李四들이 등 기대고 지내는 마을일 뿐이다. 봄이면 집 뒤편의 언덕바지에 플라스틱 통을 갖다 놓고 흙을 긁어모아 상추나 고추 따위를 심으며, 좀 호사스런 사람은 나팔꽃, 과꽃이나 가꾸어보는 정도의 마을일 뿐 그 흔한 정치 지망생 하나도 눈에 띄지 않는 동네다. 그러한 곳에서 서양 꽃인 튤립 구근 몇을 묻어놓고 봄을 기다려보는 정도면 언덕바지의 여러 장삼이사들 중에서 그래도 빠지지 않는 인물이 됨직하지 않은가?

화초를 손수 가꿀 만한 사람이라면 역사·사회적 비중의 경중과 관계없이 결코 호락호락하게 볼 만한 삶은 아니지 않는가 하는 것이 이즈음의 내 생각이다. 작든 크든 고유한 '생활'을 갖는다는 것은 '자기'를 갖는다는 것이고, 이는 지킬 만한 가치와 세계를 향해 끊임없이 되새김질하며 나아가는 생이란 뜻이 될 수 있으니까.

《대학》을 보다가 격물치지格物致知의 구절에서 호흡을 고른 적이 있다. '한 물건에 나아가 종縱과 횡橫을 따져 알면 세상을 아는 것'이라니, 이곳저곳 기웃거려 봐야 한 물건도 모르는 바는 자기 삶이라고 하기 어렵다고 새겨본 것이다. 대나무여도 좋고 튤립이어도 좋고 봉숭아여도 좋다. 그것을 지극히 안다면 세상은 크게 뚫린 것이다.

생각해보면 조그만 삶과 큰 삶이 따로 있을까 싶다. 서너 마지기 농사를 짓는 사람의 삶은 작은 삶이고 장차관을 지낸 사람의 삶은 큰 삶인가? 빈농의 형편이지만 아들을 출세시킨 사람의 인생은 크고 그저 평범한 아들 다섯을 둔 삶은 그렇지 않은 것일까? 이도 저도 자신 있게 단정 짓지는 못할 것이다.

한 사람의 삶을 사회적 맥락이나 역사적 비중에 견주어 비춰보면 사적인 삶의 크기는 그만큼 희미해져갈 것이다. 그러나 개인적 차원에서 행복의 가치체계가 세워지지 않아서야 어디 생각하고 산 삶이라고 할 수 있겠나. 생각하며 산 삶이 아닌 이상 그게 올바로 여문 삶이라고 할 수 있겠나. 남들이 좋다니 그저 수단 방법 가리지 말고 출세나 해보자고 덤벼드는 자가 수두룩하다. 또 세속은 그들의 야욕을 외면하지 않는 측면이 있다. 아무리 그렇다고 하더라도 '배움'이 있는 사람은 그렇게 살 수 없을 것이다.

공적인 차원에서는 조그맣게 보이는 삶이라고 해도 자기의 가치체계가 명징하다면 큰 삶이라고 해야 할 듯싶다. 제아무리 '대大'와 '공公'을 앞세워 소리 질러봐도 자기 생각 없이 산 삶이어서야 공허한 위장막 속에서 매일매일 일희일비하는 삶이 아니고 더 무엇이겠는가.

헌데 그렇듯 생각하며 사는 것이 왜 그렇게 힘이 들까? 어찌 보면 가장 평범하고도 쉽게 사는 것일지도 모르는데 그것이 어렵다. 이른바 중도라고 부르는 무엇도 이와 다르지 않을 것이다.

대은大隱은 세속에 숨는다는 말이 있다. 성자는 그 속에 숨어 있을지 모른다. 나의 삶이 그 속으로 들어가 가장 조용하게, 그러나 당당하고 꿋꿋하게 살 수 있으려면 딱 한 번 큰 '코너워크'가 있지 않으면 안 된다. 미래의 일이다. 그 미래의 순간을 맞이하기 위해서 나는 여전히 게으르지만 시라고 하는 한 지팡이를 짚고 허위허위 길을 걷는 것인지 모른다. 그 지팡이가 있어서 그래도 여기까지 더듬어 온 셈이다. 시의 지팡이!

내 삶에서 가장 중요한 것이 무엇인가 더듬어보면 아무래도 사람들과의 만남이다. 내성적이라 사람을 잘 사귀지 못하는 편이지만 그래도 만남을 통해서 나는 이 세계에 적응해왔고 나름의 생각하는 방법이나 체계를 갖출 수 있었다. 만난 사람들이 다 좋은 사람은 아니었을망정 모두 내 삶에서는 중요한 역할들을 해주었다고 생각한다. 그중 뭐니 뭐니 해도 스승을 만나는 것만큼 중요한 인연은 없을 듯하다.

나는 나름 일찍부터 시의 길을 가고자 정하고 시의 선생님을 찾아다닌 게 반생이라고 볼 수 있다. 직접적인 가르침을 받고 삶의 전환점을 만들어준 분을 들라면 오규원 선생님과 최하림 선생님이 계시다. 그분들을 만나지 못했다면 아직도 어느 후미진 길을 헤매고 있을지도 모르겠다는 생각이 들 때가 많다. 오규원 선생님으로부터는 치밀하고 냉정한 시 자체의 논리와 예술성을 호되게 배웠다. 최하림 선생님은 시인적 삶의 자세, 역사와 개인의 균형이 어떤 것인지 보여주신 분이다. 그 후로는 다시 최원식 선생님을 만나고 내 삶이 크게 확장되었다. 폭넓은 지식의 스펙트럼을 편안하고 아름답게 펼쳐 보여주시고 또 대학원으로 이끌어 뒤늦게 공부하게 해주셨다. 그 세 분의 선생님으로부터 배움이 없었다면 어떻게 되었을까? 곤고한 인생이, 전혀 균형 잡지 못한 인생이 되었을 것이 확실하다.

사회에서의 만남으로는 새얼문화재단의 지용택 회장님이

계셨다. 그분은 직장의 큰 어른으로 뵌 분이지만 삶의 큰 혜안을 가지신 분이다. 그분에게 사람들 사이에서 아름다운 그림을 어떻게 그리는지 배웠다. 내 삶에서 가장 소중한 인연이 아닐 수 없다.

시를 공부하겠다는 생각은 한번 오면 좀체 떠나지 않는 것인 모양이다. 늦깎이 문학 생도들을 만나보면 공통적으로 나타나는 현상인데, 그때마다 나는 속으로 '나도 그 선생님들을 제때 만나지 못했다면 아마도 먼 길을 돌아 어느 이와 같은 자리를 차지해 웅크리고 앉아 있을 것이다'라고 독백한다. 소중한 은덕을 입은 만남은 이외에도 숱하다. 일일이 다 거명하고 낱낱의 사연을 적어나가자면 몇 마지기의 종이가 필요할지 모른다. 그러고 보니 내가 '나노라' 하고 나서면 정작 속으로 수많은 인연들이 나를 만들어냈고 만들어내고 있다는 신비로운 체감을 느낀다. 이것이 나인가? 저것이 나인가? 나는 있는가? 의심이 곧 나인 셈이다.

삼월의 눈은 금세 사라지리라는 것을 안다. 그것은 하나의 환幻처럼 지나가는 것임을 안다. 그것은 젊음을 닮았고 사랑을 닮았고 욕망을 닮았다. 그러나 눈 쌓였던 마당의 돌덩어리는 눈이 녹아 사라져도 의연할 것이다. 더 먼 시간 위에서 그 돌덩어리도 눈처럼 녹아 사라져가는 것을 본다. 무엇인가? 삶은 그토록 작은 것인가? 정작 삶의 큰 회전문은 곧 와야 하겠다. 그 문 안으로 들어설 때 나온 자리가 어디이든 모든 게 환해질 것이다. 그 믿음으로 튤립 싹이 나온 화분 흙을 이번 추위에 얼어 죽지 말라고 손으로 다독여 눌러준다. 손톱에 까만 때가 끼었다.

유자나무 가지러 곧 영동에 가야 한다

– 故 최하림 선생님을 기억하며

"유자나무 한 그루 가져갈래?" 하시길래 "좋죠." 했다. 최하림 선생님은 일어나셔서 베란다 저 안쪽에서 유자나무 분을 들어다가 입구에 내려놓으셨다. 바깥 창문이 열리기라도 하면, 그래서 시원한 바람이 들이치면 제법 수런거릴 듯한 잎들은 오월 말의 꽃들을 다 물리쳐 보낸 후의 바로 그 초록이었다. 이제부터는 그 잎들이 아주 예쁘지는 않다. 모든 예쁨은 아기 때의 것이다. 충북 영동은 사 년여 동안 선생이 사시는 덴데 그 산천의 빛 또한 그랬다. 이제 예쁘지는 않다. 시퍼렇게 짙어서 깊어지고, 그 깊이에 어둠을 더해서는 무섭기까지 한 그런 빛이 될 것이다.

유자나무 잎의 빛깔들을 보면서 잠깐 그런 생각이 났다. 벌써 몇 년 전인가. 선생님과 무슨 일 때문이었는지 선생님의 고향인 목포 일대를 다녔었다. 유달산의 어느 기슭에서 나는 아주 예쁘게 생긴 담쟁이넝쿨을 캤다. 선생님도 하나를 같이 캐시면서 이런 말씀을 하신 것이다. "그래, 우리가 좀 떨어져 있더라도 이놈을 보면 되겠다. 너는 서울서 보고 나는 영동서 보고." 추사에 대한 말씀도 보태신 것 같은데 내가 추사를 잘 모르므로 기억할 방법이 없다.

그 식물을 담 밑에 묻고는 열심히 물을 뿌리곤 하였는데 다음 해 봄이 지나도 싹이 나지 않았다. 아랫녘에만 자생하는 식물이었던 거다. 나중에 알아보니 그것은 마삭줄이었다. 그래서 그런가. 나는 선생님의 말씀이 더 잊히지 않는다. 그 담쟁이 식물은 지금 없지만 선생께서 건넨 그 말씀이 내 나이의 담을 넘고 있는 것이다.

선생께서는 기억하고 계실 것이다. 그때 기억이 나시느냐고 되묻지 않았지만 또 식물을 주시려 하는 것으로써 짐작할 뿐이다. 이번에는 아예 튼튼하게 가꾸어서 그렇게 하신다. 물론 이번에 주시는 식물도 아랫녘 식물이다. 이 식물이 이듬해 봄이 되어 잎을 내밀지 못하더라도 선생님은 나무라지 않을 것이다. 그런 분이니까. 또 나에 대해서도 으레 그런 사람으로 여기고 계실 테니까.

영동을 아는 사람들은 알 것이다. 산이 또 산을 숨기고, 내보이고 하는 그런 장소다. 벌써 영동에 오신 지 만 사 년이 넘었다. 선생에게 영동의 장소성이라고 할까, 지리적 감각이라고 할까, 무튼 그것이 없을 수 없을 것이다. 이는 또 시에 대한 생각과도 연결되지 않겠는가.

요 몇 년 전인가 거제 앞바다에 다녀올 기회가 있었다. 거기 바닷가에서 '그동안 너무 오래 시에 대한 질문을 버리고 살았나?' 하는 생각이 문득 들었다. 60년대 초 목포 바닷가를 거닐며 늘 '시란 무엇인가'라는 의문을 하면서, 결론이 있어서라기보다는 결론을 유보하기 위한 질문을 던지면서, 또 받아들이면서 살아가던 모습이 다시 참으로 오랜만에 떠오르더라. 그러나 그 질문에 답을 구하고 다시 그 질문을 던질 것이 아니라는 생각이 든다. 이즈음은 시에 대한 의문도 없고 해답도 없고 공기처럼 호흡하면서 시에 대한 욕심이 사라진 것 같다.

이곳에서 보는 것은 늘 자연인데 그 자연을 자세히 들여다보면 무욕해지게 마련이다. 시의 구경을 통과하고 나면 어떤 세계가 나타나는가. 나무와 새와 들판의 세계를 요약한 그런 세계가 아닌가. 시가 가까이 있다는 느낌. 시와의 경계가 사라졌다. 최소한 희미해졌다. 시는 어려운 것도 아니고 대단한 무엇도 아니라는 의미에서의 그 경계가 사라진 것이 아닌가 하는 생각이 든다.

적적하진 않으셨을까.

처음 한 이 년은 견딜 수 없을 만큼 외롭고 적적했지. 무엇보다 대화를 나눌 만한 사람이 없다는 사실이 힘들고 지치게 한 셈이지. 늘 말을 하고 말을 다루던 사람이 말야. 그건 그렇게 간단한 문제가 아니었어. 그걸 해결하는 방법은 호흡해 버리는 방법뿐이지. 이 인근에 내 발길이 닿지 않은 데라고는 단 한 군데도 없을 거야. 산을 보고 물을 보고 바람을 느끼고 하는 일이 가장 큰일이고 가장 많은 일이었지.

그렇게 이 년쯤 지나니까 적응되면서 건강이 회복되었고, 무엇보다 사람들과의 부대낌에서 놓여나 시간의 얼굴들을 느끼고 호흡할 수 있었던 게 이곳에서의 수확 아닐까 생각이 들어.

선생은 이곳에서 시집《굴참나무 숲에서 아이들이 온다》를 탈고하셨다. 그것은 물론 온전히 이곳에서의 소출들은 아니었다. 그러나 이 지역의 공간과 시간의 느낌이 어느 정도 파동치는 그런 시집이었고, 긍정적인 의미에서 인생의 큰 고비를 구부러져 넘어간 세계의 느낌이 감동스럽게 제시된 시집이었다. 물론 하나의 시집에 어떤 울타리를 쳐서는 안될 일이지만, 선생님의 문학적 궤적으로써 이곳은 이제 아주 중요한 지리적 장소가 되는 셈이다(옛말을 인용할 필요도 없이 아무리 풍광이 뛰어나더라도 그곳에 인물이 없다면 명소가 될 수 없으니까).

나는 선생이 이곳에 오래 머무시는 것에 반대였고 여러 차례 의견도 말씀드린 바 있었는데, 왜냐하면 다른 건 다 제쳐두고라도 우선 선생님의 말씀을, 지식을, 지혜를 찾아오는 사람만이 달랑 듣고 가기엔 너무 아깝고 아쉬웠던 것이다. 헌데 이번에 선생님의 새로운 의견이 나왔다. 건강이 좋아져서 웬만한 일은 할 수도 있을 것 같아 모색하고 있다는 것이었다. 딸들이 살고 있는 서울과 가까운 양수리가 가장 유력한 후보지라고 하신다. 서울 사는 제자 된 입장에선 입이 찢어질 일이지만 못내 이 고장의 사람들이 아쉽고 아쉽다.

그동안 일생의 빚이었던 김수영 평전을 온전하게 마무리해서 넘기니 참 홀가분하다. 그토록 문제적인 시인의 노모와의 인터뷰 자료나 여러 실제적 증언들을 이제는 나 혼자만 가지고 있는 셈인데, 그분들은 다 돌아가시고 해서 늘 마음에 빚으로 남았었다. 전의 김수영 평전에서는 다루지 못한 부분도 많아 이번에 새롭게 정리를 해서 넘긴 셈이지. 얼마나 오랜만에 집중을 했던지 힘들었어.

모든 김수영 연구에서 선생님의 평전은 가장 밑자리를 차지하면서 가장 윗자리까지 자장을 형성하는 중요한 문건이 되는 셈인데, 드디어 새롭게 정리를 끝내고 출판사에 넘기셨다고 한다.

포로수용소에 함께 있던 한 분을 인터뷰했는데 그분 자신의 행적과 크게 다르지 않을 김수영의 내면을 들여다보는 데

아주 중요하게 작용하더라. 새까만 어둠 속에 아무 말을 해선 안 되는 산길을 가는데, 앞사람의 뒷통수를 놓치면 죽을 수밖에 없는 상황이 계속해서 이어지고 그 모진 역사의 격류 위에 김수영도 크게 다르지 않게 있었던 셈이지. 그것이 김수영의 모든 공부에 영향을 주지 않을 수 없었을 테고. 안견의 〈몽유도원도〉를 보면 아주 험한 산길을 굽이굽이 돌아 나와야만 도원에 이르거든. 그것은 어쩌면 조선 초기 우리 선조들의 내면, 오늘날 역사의 꼴과 그렇게 크게 다르지 않다는 생각의 단초를 제공하는 셈이야. 김수영도 그런 길을 걷다가 사라진 사람이 아닐까? 그러나 그 길 자체가 문제고 아름다움이지.

안견의 그림 속 어느 외진 변두리라고 해도 될 강가에서 선생님과 나는 가끔 눈길을 마주치며 차를 마시고 물빛을 바라보고 애쓰지 않아도 되는 말들을 몇 마디씩 나누고 그랬다. 조금은 걷고 서성이기도 하고. 강의 물길은 여울을 만들고 여울 위에 빛을 실었다. 그 빛을 산그림자가 얼만큼은 가져가고……. 선생님의 말씀에 의하면 시는 그저 저런 빛이고 그림자고 그 시간이고 한 것이다. 자연은 크게 보면 잔인한 대상이지만 작게 보면 말이고 얼굴인 것이다.

또 못내 하룻밤도 선생님 곁에서 머물지 못하고 세속의 일로 휑하니 올라와 버리고 말았다. 헌데 아차, 유자나무를 그냥 두고 왔다. 선생님도 댁으로 올라가서 혀를 차셨을 것이다. 나는 유자나무를 가지러 곧 영동에 가야 한다. 어디 그 유자나무가 유자나무일 뿐이랴. 이미 아름다운 어떤 상징이 되어서 내면에서 수런거리는 그 무엇일 것이다.

모과 향기 속

1. 절에 갈 때

가까운 절에 간다. 절에 갈 때 발걸음은 그 절을 닮아간다. 처음 가보는 절도 그렇다. 가보고 나면 분명히 절은 절에 이르는 길과 닮았고 그 길을 걸어온 걸음과 닮아 있는 것이다. 그래서 절에 갈 때는 초입에서부터 걸어가야 한다(걸어가야 할 곳이 어디 절에 가는 길만이겠는가!).

걸음의 시작은 단순하지만 점차 어떤 현弦을 타듯 미끄러진다. 나는 춤의 어떤 것을 가미한 걸음이 되어간다고 믿고 싶어진다. 꼭 종교적 신자여서가 아니다. 나는 신자도 아니다. 춤은 자기 육체의 전체이자 완성이며, 쓸데없는 목적이자 결과이지만 그 춤의 상부는 또 자기 자신의 힘만은 아닌 어떤 것, 이른바 신명이라고 부를 만한 어떤 게 서리는 것이다. 길이 다소 가파를 때도 차오르는 숨결 속에는 약간의 힘겨움이 깃들어서 어떤 고비를 만들고 리듬을 만들고 휴지부를 부르고는 한다. 절에 가는 길은 관습적 경건성이라고 하는 싸구려 억압을 제하면 춤에 이르는 길이요, 하늘에 이르는 길이요, 그대로 음악의 행적을 좇는 일일 듯하다.

2. 모과

방 안이 향기롭다. 탁자에 모과가 하나 놓여 있다. 아무렇게나 있다. 모과라는 열매는 아주 매혹적이다. 저 빛깔을 보라. 저 빛깔이야말로 늦은 가을 저녁을 닮은 빛이 아닐 수 없다. 한쪽에 상처가 나 있다. 상처는 짙은 자주색이다. 길가에 뒹굴던 것을 주워왔던 것이다. 상처 때문에 버림받은 놈일 게 뻔하다.

그런데 온 방을 물들이는 이 향기는 상처에서부터 쏟아져 나온 것이리라. 상처가 향기를 짙게 만들어낸다. 인간의 정신이 저 모과 정도를 맺게 할 수 있는 대지라면 되겠다. 광활할 필요도 없을 것이며 기름질 필요도 없을 것이며 승경勝景일 필요는 더욱 없을 것이다. 모과와 비유될 만한 문학이라면 되겠다. 짙은 자줏빛 멍이 향기를 품어내도록 상처를 내어다오. 짙은 향기를 뿜어내리라. 작위作爲를 하자면 모과는 설렘에 젖어서 상처 줄 어떤 손길을 기다리는 것인가?

3. 낭하 속에서

아무도 나오지 않은 일요일의 텅 빈 건물 복도를 걸어 들어갈 때 텅텅텅텅 울리는 내 발자국 소리에 약간의 놀라움을 느낀다. 내가 움직이는 소리의 반향에 내 가슴까지 반향하는 듯하다. 나는 일부러 불을 켜지 않고 어둠침침한 낭하를 따라서 내 방까지 간다. 문을 열면서 뒤돌아보았을 때 출입문 쪽에 쏟아져 들어온 빛살의 기둥들은 소박한 채로 찬란하지만 이편의 침침함은 새삼스러이 놀랍기만 하다. 무섬증 같은 것도 혼자 있는 외로움을 찾아오는 것인가? 이럴 때 세상사는 저 멀리 담장 너머에나 있는 꿈 같다.

4. 나뭇잎

나뭇잎을 하나 따서 책갈피에 넣었다. 훗날 그 나뭇잎이 책을 펼친 내 손에 다시 들어왔다. 처음 나무에서 땄을 때의 다소 차갑던 감촉이 떠올랐다. 그러나 지금은 반듯하게 펴져서 말랐고 따뜻하다. 무궁한 미가 그 안에 있다. 톱니자국으로 되어 있는 가장이의 일정한 무늬는 무엇 때문에 그렇게 되었는지 알 수 없지만, 말할 수 없는 변화와 통일 사이의 치열한 흔적이 평화로운 균형을 만들어내고 있다.

열두 쌍의 기본 줄기가 가운데 줄기에서 만나고 헤어진다. 이 나뭇잎 속을 저벅저벅 걸어 들어가는 나의 발자국 소리가 들린다. 절이 나오고 어느 방이 나오고 방 안의 탁자 위에는 상처 난 모과가 놓여 있다. 긴 낭하를 걸어 들어간, 불혹이 훨씬 지난 사나이가 그 앞에 앉아 있다.

겸손의 간단명료

– 배동환 선생 그림에 나를 풀어놓고

종일 마당에 우두커니 나자빠져 있는 흰색 플라스틱 의자를 바라본 적이 있다. 누군가가 무엇 때문에 그 물건을 그렇게 만들어놓았는지 알 수 없다. 다만 일상적으로 보면 그것은 제 위치를 벗어나 이른바 '내던져진' 사물이다. 저것은 무엇인가? 의자라는 것을 몰라서, 넘어져 있는 사실을 몰라서 생긴 것이 아닌 어떤 질문이 내 안으로 들어온다. 왜 저것은 저렇게 있는 것이며 나는 어떤 연유로 이 뙤약볕 아래서 저것을 바라보고 있는 것인가? 순간 내가 속해 있는 공간과 시간이 하나의 환幻이 되어버린다는 느낌에 사로잡힌다.

시골집 마당에 바위가 하나 있다. 호스를 대고 물을 뿌린다. 돌이 분명하지만 돌 이외의 어떤 것이라는 사실을 알리기라도 하듯 바위 속에서는 끊임없이 무엇인가 발버둥 치고 있다. 돌 이외의 얼굴이, 돌이 아닌 목소리가 부르는 소리에 시간이 날 때마다 물을 뿌리고 그 얼굴, 소리를 찾는 건지 모른다.

도대체 그것들은 무엇인가? 사람이 이름 붙이지 않은 어떤 것, 혹은 인간으로서는 도저히 이름 붙일 수 없는 무엇의 얼굴을 찾거나 소리를 들으려고 하는 질문. 그것이 음악, 시, 미술이 되는지 모를 일이다. 분명한 것은 주인을 알 수 없는 목소리의 주인을 찾아보려는 인류의 시시포스적 시도가 결국 예술이라는 것이고, 나아가 그 목소리의 주인이 되어보려는 작업이 예술가의 길을 걷는 것이 아니랴.

나는 배동환 선생의 예술을 논하는 위치에 있지 않다. 다만 그 언저리에 앉아서 나를 잠시 놓아둘 뿐이다. 모든 예술은 스스로 번져가는 속성이 있으므로 이 무딘 아상我相에도 무엇이 올지 누가 알랴.

양평 작업실을 방문했다. 선생의 작업에 대해 종으로든

횡으로든 알지 못하고 있다. 미술에 대해 빈약한 지식에 무엇을 어떻게 써야 할지 모름에도 왜 내게 이러한 글이 왔는지 알 수 없다. 단지 한 벌의 몽상을 입혀볼 뿐이다. 벌써 가을이 몇 겹 와 있다.

겸

한 중년 사내가 들판 가운데 두 손을 모으고 허리를 구부정히 수그린 채 서 있다. 그것은 세상에 대한 겸손한 내면을 드러낸 형상이다. 시간은 이제 한 예술가에게 긴 그림자를 보여주고자 하는 것인지 모른다. 그것이 조금씩 길어지고 유연해져서 편안해질 때를 이른바 노경老境이라 할 것이다. 겸謙을 인지할 때가 그래서 인생의 반환 지점일 것이다.

《주역》에서 겸은 땅 밑에 산이 있는 괘상卦象이다. 대산大山 김석진金碩鎭 선생의 풀이에 의하면 "모든 일에 있어서 공과 지식이 있으면 자랑하고 싶고, 남보다 앞서려고 하므로 서로 막혀 통하지 않게 된다. 그러나 겸은 이러한 모든 것을 갖추었으되 자신을 낮추고 남을 높이려 하고, 자신을 그늘에 두고 남을 드러내고자 하니 만사에 있어 형통하게 되는 것이다. 군자는 이러한 덕을 갖춘 자를 말함이니, 그 뜻을 보존하여 이루게 되는 것이다"라고 되어 있다. 스스로의 그림자를 들여다보는 자세가 여러 위치에서 반복되고 있는 징후는 이름난 화가의 생을 반추해볼 때 참으로 감동 어린 장면이 아닐 수 없다.

집

집이 한 채 있다. 그 집은 단칸집이다. 막돌로 놓은 주춧돌과 적당히, 그러나 겸손히 절제에 절제를 거듭하여 추켜 올린 추녀. 출입문인지 창문인지 구분되지 않는 정면의 격자무늬 문. 추사의 그것처럼 여기에도 빛과 소리의 파동 이외에는 아무 움직임이 없다. 집은 시간 속에 그서 고요히 잠겨 있다.

집 안을 엿보면 그 안엔 자연스레 한 소년이 나타난다. 그 소년의 눈 속을 엿보면 또 그 안엔 한 채의 집이 있다. 우주, 별을 바라보고 있는 것이다. 소년의 밀실은 창을 통하여 영원과 연결되어 있다. 소년이 마당으로 나온다. 신발을 꿰고 마당가에 서서 바라보았을 어둠이며, 어둠 속을 더듬어 늦게 돌아오는 어머니의 기척이나 전쟁의 기억 들이 마당가에 어른거린다. 그 마당이 좀 더 확장될 때 이른바 광장이 된다. 이데올로기가 되고 비극이 된다. 집의 이마, 집의 지붕, 집의 내면이 때로 사랑의 밀실이 아니라 이데올로기의 시간이 철철 흘러가는 수로가 되는 까닭이 여기에 있다.

그것은 한 땀 한 땀 기억에 새겨진 집이기도 하고 반대로 실밥이 삭아가듯 기워진 기억이 낡아가는 집이기도 하다. 바느질로 형상화된 집은 그래서 더더욱 상징적이다. 이쪽에서 찔러 넣으면 저쪽에서 받아 다시 이쪽으로 찔러 넣어주어야 한다. 양면을 찌르면서 이어나가는 대화란 표면에 나타나는 푸근하고 아름답고 정밀한 맛 대신 얼마나 아프고 위험하고 지루한 소통 수단인가. 그 행위 자체가 비극적 상상의 아름다운 이면일 수 있음을 상기할 때 이 아름다운 그림은 얼마나 아픈가!

개인의 역사는 그렇게 집단의 역사와 바느질같이 연결되는 것인지 모른다. 그것은 한 폭의 회화를 지나 아름다운 시이면서 동시에 연극이 되어 환기된다. 안과 밖, 내면과 외면, 밀실과 광장, 차안과 피안, 현실과 꿈, 삶과 죽음, 그러나 모두 등을 맞대야만 서로를 지탱할 수 있는 운명적 일주문인 셈이다.

그 집이 때로 가람의 일주문처럼 보이는 이유도 그러한 상상의 소산이지만, 우리가 세상에 나와 최초로 그리는 그림의 형태가 대개 그 일주문의 형태라는 사실을 환기해보면 출발과 돌아감이 같다는 순리를 새삼 되새기게 된다. 그것은 선생의 사색이 노경의 완숙한 경지에 접어들었음을 보여주는 것 같아 새삼 놀라게 된다.

길

집을 나서면 길이다. 길은 시간이다. 문장으로 치면 동사에 해당한다. 어디론가 가는 것이고 또 돌아오는 것이다. 길을 따라 우리는 점차 집을 벗어나게 되었다. 그러나 그 집을 벗어나기까지 끊임없는 반복이 있었다. 길을 따라 나섰던 내가 돌아왔고 어머니가 돌아왔다. 돌아오지 않는 혈육이 있었다. 그래도 떠나야 했고 좀 더 멀리 갔다가 돌아왔다. 그렇게 반복되면서 돌아오는 그 길에는 조금씩 이웃 동네가 묻어왔고 읍내가 묻어왔고 이른바 역사가 묻어왔다. 애인도 그 길을 따라왔고 그 길을 따라 사라졌다.

사람과 사람 사이의 길이 때로 폐허가 되었고 때로 홍수가 지나가기도 했다. 우리가 일생 그러한 도를 닦으며 살아가고 견뎌내야 한다는 사실이야말로 '빵으로만 살지 말라'는 명상과 다르지 않을 것이다. 공간적인 개념이 아닌 시간 속에서 마침내 빛나는 길을 밟아가야 한다고 다짐하면서 작업하는 손은 얼마나 거룩한가.

산길을 따라 산을 내려올 때 그 길은 '갈 지之' 자의 반복 형태를 띤다. 한꺼번에 쏟아지지 않고 건너편의 어느 완만한 꼭짓점을 향해 가서는 다음 단계의 또 다른 건너편의 한 지점을 향한다. 결국 그것은 서양식의 합리주의나 실용주의를 지나 명상적이며 마침내는 탈속적인 길로 귀결된다. 길은 그렇게 산에서 또는 하늘에서 내려오기도 하고 또 산으로 허공으로 올라가기도 한다. 그것은 인간의 생애이며 호흡이고 드라마며 역사의 법칙이기도 한 큰 상징이다. 길이 끝나는 곳에 또 다른 집이 있는 것은 당연한 노릇이다. 우宇에서 시작한 길은 주宙로 향하고 그 두 길은 끊임없이 왕복하며 우리들을 대각大覺으로 인도하는 건지 모른다. 수도修道란 새삼 얼마나 점잖고 아름다운 말인가.

강

길은 때로 몸을 바꾸어 흘러간다. 붉은 강은 훨훨 날아가려고 한다. 마치 어머니의 치맛자락이나 옷고름 같은 형상이다. 물은 노자의 명상이 아니더라도 낮고 낮아서 모든 앙금이

가라앉고 나면 그것은 하늘을 날게 되어 있다.

그 강은 역사적인 것이기도 하지만 무엇보다 어머니로 수렴되는 시간의 다른 이름이다. 혈육을 앗아간 이데올로기를 가라앉히는 강이며, 다시 80년대 고향을 강타한 역사의 질곡으로 인해 다시 한번 뒤집어진 강물이다. 저 벌교 뻘밭의 바다를 드나드는 강은 어느 순간에 시간 위로 떠오르는 강이 된다. 물이 생명의 근원이자 생명을 씻어주는 것이면서, 한없는 순환의 길을 가는 것이란 물리적 상식만 알아차리면 강물이 무엇의 은유인지 대번에 알 수 있다.

예술에 의무 따위란 없다. 그러나 한 폭의 그림을 들여다보거나 한 편의 시를 유심히 느끼다 보면 그 작품 자체가 하나의 의무를 가지고 있으려 한다. 그 의무에 동참하고 싶을 때 관객은 예술의 습도에 젖어들게 된다. 그 의무가 사회적인 것이든 개인적인 것이든 상관없다. 그것이 곧 감동이다. 개별 예술 작품이 가지고 있는 의무를 찾아가 보는 것은 예술가의 영감에 닿아보려는 축복이고 의무이다.

배동환 선생의 그림 속에 잠시 이 무식쟁이를 놓아보는 일은 그런 의미에서 참으로 감동스런 일이었다. 간단명료하나 두툼한 실타래가 숨겨져 있어서, 감아 당겨도 당겨도 끝내 저항하는 의미의 실마리를 마음으로 수없이 감아보는 일만큼 무위이며 동시에 유위인 일이 또 어디 있을 것인가. 집과 길, 강과 같은 우리 산천의 간단명료! 겸의 각도에서 바라보는 그 새로운 간단명료가 새로 쉬는 호흡만 같다.

인왕제색
하였으나

– 故 오주석 선생님을 생각하며

황사가 온 천지간을 메웠다. 해맑은 강산이지만 먼 대륙으로부터 날아온 먼지 바람은 우리 하늘을 음울하게 한다. 그러나 곧 몇 차례 가지런히 비가 뿌려지고 나면 산천은 제 빛을 되찾을 것이다. 비는 핀 꽃들을 서둘러 떨어뜨리기도 하겠지만.

해마다 이맘때면 나는 몇 차례쯤 집 뒤쪽으로 걸어 서울 성곽을 넘어서 시내에 나가곤 한다. 모란꽃 봉오리처럼 부풀어 오른 북악산과 또 그 너머의 인왕산의 봄빛을 건너다보며 감사원 길을 거쳐 가회동으로 내려가는, 사월의 한창을 걷는 맛은 자못 호기롭기 때문이다. 게다가 겸재謙齋 정선鄭敾의 〈인왕제색도〉를 알고부터는 거기에 하나의 의미로운 풍경이 더 걸려서 제법 내면에 향기가 있는 듯 웃음기까지 머금게 된다.

한 오 년쯤 되었을 것이다. 《오주석의 옛 그림 읽기의 즐거움》을 접하고는 저자인 오주석 선생님을 꼭 좀 뵈어야 되겠다고 마음먹고 《황해문화》에 선생님을 자문위원으로 모시자고 한 것이. 이 책은 우리 옛 그림을 그야말로 달콤하고도 멋스럽게 악기처럼 연주해낸 책이었으므로, 다 읽고 나서는 음악을 체험한 듯 또는 귀한 음식을 먹은 듯 향기로웠다. 물론 그전에 이름자 정도를 알았으나 그러한 책을 쓴 분을 모셔야 했던 것이다.

자주는 아니지만 두어 달에 한 번이나 두어 번 뵙고 식사를 하며 술을 나누는 자리에 끼곤 했다. 그렇게 뵐 때마다 선생님은 겸손하고 깊고 낮은 분이었다. 그러나 어느 한편 금강석 같은 데가 있어서 그 무엇으로도 흔들리지 않는 위엄스런 내면을 느낄 수 있었다. 선생은 누구보다도 조선시대를 사랑한 분이었다. 어느 식사 자리에서 그 시대에 대해 폄하하는 듯한 말이 나왔을 때 곧바로 그에 대한 변호가 단호하고도 설득력 있게 나왔었다. 특히 전공답게 예술에 관한 한 그의 신념과 애정은 금강석같이 박혀 있었다. 간혹 헤어짐이 아쉬워서 좀 늦었다 싶어도 다른 자리를 마련하면 늘 알뜰하게 술을 대했고 시간을 아꼈다. 그 자리에서 선생이 거문고를 엄지손가락 마디의 굳은살로 아주 열심히 공부한다는 것을 알았다. 《주역》을 서너 번째 강독 공부한다는 것도 알았다.

한 번은 선생의 새 책이 나왔을 때의 일이다. 《오주석의 한국의 美 특강》이라는 책인데 나 같은 문외한이 보아도 그 방면에서 가장 알기 쉬우면서 치밀하고, 친절하면서도 깊이 있는 생생한 책이다. 가령 김홍도의 풍속 화첩에 잘못된 부분들을 찾아내는 대목에서, 그 잘못된 오류들이 화가의 치밀한 계산 하에 넣어졌을 것이란 의견은 얼마나 김홍도에 천착해 들어갔는지를 보여주고 있다. 그것은 바로 조선 서민을 상대로 한 그림이었으므로 일종의 오락성을 가미한 '숨은그림찾기'였다는 것이다. 〈송하맹호도〉에서 조선 호랑이의 그 완벽무결한 세계를 그려낸 김홍도가 의도가 아닌 실수로 오류를 저지를 가망성은 없을 테니, 선생이 해낸 해석의 입체성에는 누구도 따라갈 수 없다.

그 책을 펼치면 선생의 모습이 목소리와 몸짓과 호흡들과 함께 생생하게 떠오른다. 물론 선생이 주제로 잡은 우리 옛 그림의 화가들이며 화면 속의 시대까지도 생생하게 살아나서, 마치 동시대의 멀지 않은 동네를 다녀온 듯, '기운생동'한 강연을 들은 듯하다. 짧은 앞날을 예견하신 건가 싶을 정도로 치밀하게 당신의 모습을 간접적으로 담고 있어서 기이하다.

이 책이 나오고 나서 선생님을 뵙게 되었을 때 책을 한 권 증정받을 속셈이 있어서 즐거웠다. 헌데 막상 책을 받고 보니 선생의 서명이 없었다. 그 자리에서 바로 여쭙자니 글씨를 쓸 줄 몰라 서명을 생략했노라 하시는 것이 아닌가! 그날 뒤풀이가 끝나고 댁 앞에까지 모시는 즐거움이 있었다. 차 안에서 이제 곧 집 근처에 계신 좋은 글씨 선생님을 소개받아 글씨를 시작하노라 하는 말씀을 들었다. 그제야 펜으로 아무렇게나 자신의 이름자를 써서 누군가에게 증정한다는 것이 이분에게는 큰 부담이 되었으리란 짐작이 갔다.

발병하고 나서도 몇 번 뵐 기회가 있었다. 선생이 거문고를 배운다고 하기에 다음 기회에 또 시작하는 팀이 있으면 소개하여 주십사 했던 내 부탁을 잊지 않고 전해주실 때, 전화상의 목소리로 많이 쇠하신 것을 눈치챌 수 있었다. 정작 선생은 당시 치료차 거문고를 놓으신 상태였다.

나중에 안 사실이지만 선생께서 가장 좋아했던 곡은 〈수연장〉이라는 정악곡이었는데, 단순하면서 전아한 맛의 그 곡을 평소 연주해보고 싶어해 거문고를 시작했을 정도여서 그 곡을 공부할 때 가장 행복해하시더란 전언을 들었다. 그것은 곧 옛사람의 감각을 익히기 위한 공부였으며, 옛사람의 감각을 체험해야 옛 시대의 미술을 읽을 수 있으리란 치밀한 선생의 계산이었던 것이다. 그러한 공부가 이제 완숙한 경지에 들어서는 마당이 아닌가!

우리 옛 그림 가운데 가장 웅혼하고 장엄한 감동을 주는 작품을 한 점 들라면 선생은 주저 없이 겸재 정선의 〈인왕제색도〉라고 대답하겠노라고 적고 있다.

> 내 자신이나 같으면서도 결국은 내가 아닐 수밖에 없는 늙은 벗의 임종이 다가온다는 불안감은 어쩔 수 없었던 것 같다. 그리하여 정선은 북받쳐 오르는 마음속 초조함과 실낱같은 친구의 회생을 바라는 절절한 원망을 참지 못하고 그만 크게 소리치고 만 것이다. 그러나 노인은 화가였으므로 붓을 들어 화폭 가득 〈인왕제색도〉를 떠오르게 함으로써 소리쳤

다. 가장 겸재다운 방법이었다. (264쪽)

돌은 겉보기에 거칠고 추할지 모르나 그 외양 안쪽 깊은 곳에 사람들조차 본받기 어렵다고 탄복해 마지않는 굳센 정신을 간직한다. 사실 인간은 아득한 석기시대 이래로 거대한 바위 속에서 지고한 가치를 발견해왔다.

정선이 〈인왕제색도〉에서 무엇과도 바꿀 수 없는, 자신의 분신과도 같이 소중한 친구 이병연의 모습을 비가 개어가는 인왕산의 거대한 바윗덩어리로 그려낸 것은 그 때문이었다. (269쪽)

– 오주석, 《오주석의 옛 그림 읽기의 즐거움》 중에서

사실 나는 겸재의 〈인왕제색도〉보다도 이 해설을 읽음으로써 큰 감동을 받았다. 하여 늘 인왕산 근처를 지나거나 멀리서라도 바라볼 양이면 이러한 오주석 선생의 해석과 통찰을 통해 겸재의 내면을 상상하곤 했다. 언젠가는 인왕산 길목에 선생을 모셔놓고 다시 한번 선생의 해석을 들을 날을 기대하고 있었다.

그러나 이제 그렇게 할 수 없다! 겸재처럼 어떤 방법으로 소리칠 수도 없다. 황사가 가고 흐린 날이 개어도 선생과 함께할 시간은 이제 없다. 꽃들이 흐린 날 날려 떨어지는 것을 '하염없다'고 하는지 모르겠다. 오주석 선생님, 부디 인왕제색한 맑은 세계 속에서 평안하소서.

조그만 집 짓기

언젠가부터 조그만 집 한 채를 내 손으로 지어보기를 희망했다. 나의 공간을 스스로 만들어보는 일의 행복은 상상만으로도 충만했다. 그런데 알고 보니 그러한 꿈과 행복(비록 허구적인 것이지만)은 나만의 힘은 아닌 모양이다. 흔히 본질 운운할 때의 그 빈 공간을 취하는 행복인지, 아니면 공간을 감싸고 있는 물질들 때문인지, 그 둘 사이의 관계들로부터 오는지 모르겠다. 분명한 것은 그것이 고정된 것이 아니라 안에서는 밖을 지향하고 밖에서는 안을 지향하는, 그 지향의 힘이 행복감의 일말을 감당하고 있다고 생각하게 되었다. 밖에서는 안으로 들어가려 한다. 안에서는 밖을 내다보려고 한다. 아니 그 정반대일 때도 있다. 어떠한 경우든 심리적 충족감은 마찬가지다.

나는 얼마 전부터 조그만 집 짓기를 실천에 옮기고 있다. 간혹 묻는다. 언제 완성이 되느냐고. 나는 끝내 완성되기는 힘들 것이라고 답한다. 그것은 사실이다. 다만 사라짐이 완결일 뿐이다. 그 조그만 집 짓기의 여러 과정들이 시를 써보는 일과 흡사하여 비교될 수 있다는 점을 미리 얘기해야겠다. 그러나 무엇이 이와 크게 다를 것인가.

터

주머니에 돈도 없이 터를 보러 다닌 지 오래다. 그것은 거의 생래적인 것이 아니었을까 의심될 정도로 집착이 가는 것이었다. 내가 무슨 도시 생활이나 벼슬(직장) 생활에 찌들어서 물러나 전원으로 향하겠다고 마음먹은 것은 아니다. 나는 전원주택을 가지고 싶은 것이 아니라 어떤 터를 가지고 싶었던 것이 아니었을까 생각된다. 우리나라 사람들은 땅에 대한 애착이 유별하다고 한다. 그러한 심리의 하나였을지도 모른다.

나는 아주 조그만, 내 손이 골고루 미칠 만한 터가 있으면 된다고 생각했다. 그것이 내가 지향하는 가장 큰 투기 행위임에 분명한데, 인적이 드문 곳이면 좋겠다고 생각했다. 결과적으로 도시일 이유가 없었고, 땅값이 오를 만한 땅일 필요가 없었다. 새 소리가 없을 이유가 없는 곳을 찾아다닌 셈이다.

내가 시에 접근해 들어간 것과 유사하다. 나는 대학에 들어가 우연히 만난 어떤 과목 때문에 시를 쓰거나 공부한 것은 아니다. 생래적인 어떤 것이 있었던 듯 어린 시절 시라는 터전을 하나 가지고 싶어 찾아다닌 셈이다. 다만 돈이 너무 없었다.

주춧돌

주춧돌을 놓았다. 주춧돌을 어디서 찾아야 할까 궁리에 궁리를 계속했다. 주춧돌로는 강돌을 쓰는 게 아니라는 소리를 듣기도 했다. 산에 있는 돌을 쓴다고 한다. 그러나 어느 계곡을 찾아가 그것을 찾을 것인가. 어느 집인지 알 수 없으나 지금은 사라졌을 자리에서 골라온 돌들을 구해다가 되파는 사람을 만나서 약간의 돈을 주고 구해왔다. 잘생긴 것도 있고 그렇지 못한 것도 있다. 사람의 손길이 대충 미쳐서 다듬어진 우리나라 화강암들이다. 생각 같아서는 산에서 잘생긴 돌들을 주워다가 놓고 싶었으나 그것은 힘에 부치는 일이었다.

구덩이를 파고 땅을 다지고 돌을 굴려 그 자리에 간격을 맞추어놓고 수평을 보고 하는 일은 집의 맨 나중과 닿아 있다. 또 집의 운명을 결정적으로 지키고 있는 것이 주춧돌이다. 집을 짓는 일의 맨 처음은 터를 마련하는 것이지만 사람이 손으로 하는 일의 맨 처음은 주춧돌을 놓는 것이다. 그렇게 맨 처음 하는 일은 이 집이 허물어지고 나서도 그대로 남아 있을 것이다. 맨 처음이 맨 마지막을 지킨다는 것이다. 사람으로 치면 넋이라고나 할까? 경주의 황룡사 터를 둘러보았을 때 그 주춧돌들이 전했던 황홀을 나는 잊지 못한다.

생애의 맨 나중 것을 생각하면서 시를 생각한다. 죽음이어도 좋고 영혼이어도 좋다. 어떤 이는 그것에 이름을 붙여 '오메가 포인트'라고 했다. 죽음으로 주춧돌을 놓고 있다는 말과 다르지 않다. 죽음 이후에도 남아 있을 만한 것이 있다면 그것은 내 생애를 건너가게 하는 시가 될 수밖에는 없겠다. 내가 따르는 선생님은 '시가 내 생을 이만큼 지켜주었다'고 말씀하셨다. 평범한 말씀 같지만 그 말씀이 나오기까지의 과정은 만만치 않다. 생도 지켜야 하고 시도 지켜야 하기 때문이다.

죽음이 없다면 시가 있을까? 미리 죽음을 인식하지 않는다면 시가 필요할까? 예술이 필요할까? 종교가? 나는 이 질문이 어리석은 질문인 줄 알면서도 내 시의 주춧돌들이 죽음 혹은 죽음 이후까지 남는다는 것을 말하기 위해 이렇게 스스로 질문을 던져보는 것이다.

그러니 시는 우회적이다. 요즘은 우회도로가 말과는 다르게 더 빠른 도로지만 시도 마찬가지로 죽음을 보기 위해서 우회할 수밖에 없는 그 길이다. 삶을 에돌아가는 방식이, 죽음 쪽에서 삶을 가꾸는 방식이 중요할 수 있다는 것을 나는 주춧돌을 놓으면서 생각해보았다. 주춧돌을 놓고는 돌아가면서 소주를 한 잔씩 부었다.

기둥

주춧돌 위에 기둥을 올린다. 기둥을 올릴 때면 간이 고사를 올린다. 이른바 입주식이라고 한다. 그것은 이제 하늘에 오른다는 보고다. 하늘에 오르는 일은 위험한 일이다. 목단이 봄을 맞아 싹이 오르고 잎을 맺고 꽃이 피어나면 그때는 이미 위험한 때다. 추락을 눈앞에 둔 것이다. 그 스러짐을 예감하며 목단은 중년 부인의 넉넉한 웃음기 같은 너울거림을 뽐

내는 것일까? 그 위험이 찬란한 꽃으로 피어오르는 건지 모른다. 하늘을 받치는 기둥은 생각보다 가느다란 듯하면서도 하늘을 받치기에는 충분하다.

죽음 위에 올라앉은 생의 대공이 집으로 치면 기둥일 텐데, 하늘로 오르는 시의 대공들이 요즘 나에게는 시간의 표상으로 자주 기울어진다. 반복과 속력이 그것이다. 아니 반복의 속력인지도 모른다. 시간은 일정한 파동을 이루면서 지나가고 또 다가온다. 그것이 쌓여가는 것이다.

나와 이웃과 나라가 모두, 인류가
사랑 아래 덮인다
하나씩 하나씩
한 켜씩 한 켜씩 한 켜씩
한 자씩 두 자씩 쌓여서
더 이상 휠 수 없고….
(후략)

– 졸작 〈폭설〉 중에서

이리 온,

이리 온,

작약꽃, 뒤

흰 바위돌도 이리로 온,

- 졸작 〈정자 2〉 중에서

이러한 반복의 호흡이 계절을 이루고 생을 이룬다고 생각한 소이이다.

지붕

대들보를 올리고 서까래를 올리고 지붕을 올린다. 집을 품어주는 것은 지붕이다. 하늘을 받아내고 빛을 가리고 트면서 비와 눈을 막는다. 지붕 아래 모든 것은 아늑하다. 시에서는 언어가 그것이다. 사물의 이름들, 아직 이름이 없는 공간은 문장으로 이름을 붙인다. 처마가 있고 처마 아래 툇마루가 있다. 처마와 툇마루 사이엔 아직 이름이 없으니 문장으로 지칭할 수밖에 없다. '나'와 '너' 사이에도 아직 이름이 없다. '내

손이 허공 속에서 너의 손을 향하여 망설이고 있다'는 문장이 이름이다. 죽음 위의 생을 품어주는 것이 지붕이다. 그래서 집의 하늘이다. 어느 집에 갔더니 기와에 '원형이정元亨利貞'이라 새겨져 있는 것을 보았다. 지붕이 건乾이라는 말이다. 내 시의 지붕은 사랑이다. 사랑이고 바람이고 풀이다. 사랑을 나누는 모든 것으로 비를 가리고 눈을 가린다.

벽과 창

벽은 살이다. 살로 들어가는 창이 눈이요 감각이다. 체험이라는 것, 또는 경험이라는 것이 우리들의 삶의 가치나 풍향을 정하고 추진해간다고 본다. 그것들이 알고 보면 의지와 실천의 동력이었기 때문이다. 의지는 그렇다 치고 행위의 직접적인 맥락을 결정짓는 것은 체험의 눈금들이요 궤적일 것이다.

영혼이라는 것은 우리들 삶에서 어디쯤에 위치하는 것일까. 의식과 몸의 중간쯤에 속하는 걸까. 의지가 통어할 수 없고 몸이 전유할 수 있는 게 아닌, 확실하지 않은 생의 이면 같은 것은 아닐까. 삶이라는 시간의 맨 처음 이전에서 맨 마지막 이후까지 생의 바깥을 더 커다랗게 감싸고 있는 막이라고 할 수 있을까.

체험의 문제는 예술에서 가장 중요한 나침반이다. 체험을 내면화할 방법으로 인류는 문화를 만들고 또 체험으로부터 소외되지 않기 위해 예술이란 혹을 만들어 달고 다닌다. 예술은 그러므로 '체험의 싱싱 냉장고'인 것이다. 그 체험이 영혼과 관계할 때 삶은 확장되고 자유가 획득된다.

수많은 삶의 편린들은 다 잊히고 사라진다. 그중에서 체험으로써 구제될 수 있는 것을 우리는 이미지로 건져내고 시로, 예술로 형상화하여 보전한다(그 과정은 자그만 고투苦鬪임에 확실하다. 예술가는 체험한 이후에 체험을 구제하는 것이 아니라 체험 이전부터 체험을 감싸는 무엇을 들고 시작하기 때문이다. 저 추정된 영혼이 그렇듯이).

내 육체를 더듬어보면 수많은 체험의 편린들이 숨어 있을 것이다. 모든 이들이 다 그러할 것이다. 어떤 시간을 새롭게 만날 때 민감히 반응하는 것이 있고 아예 마비되어 사라진 것도 있으리라. 그러한 사라진 체험을 무의식이라고 부르는지 모르겠다.

모든 개인들에게는 각각 생애의 특수성들이 있게 마련이다. 그 특수성은 각각이 모두 빛나는 것이요 아름다운 것이다. 하늘의 별들이 모두 똑같은 것들이었다면 빛날 리가 없다. 당연히 모든 시 또한 각각의 빛들이 각각의 빛들을 비춰주고 다시 되비치는 그런 오래된 거울(반성)의 풍속은 아닌가 생각해본다.

모든 좋은 시는 그렇다. 몸(체험)이 움직이고 그 움직임, 울림, 파동이 의식에까지 미칠 때 좋은 시다. 그때 그 시는 그 시와 관계된 생을 뒤집어놓을 수도 있다. 아니 엄밀하게는 그래야만 비로소 시라고 할 수 있으리라. 그러나 시에 관한 일체의 말은 다 필요 없는 이야기다. 그저 시가 '시'였다면 '이미' 그러했을 것이므로.

문

그러나 나의 집은 아직 완성되지 않았다. 그래서 아직 문을 열고 들어설 수 없다. 아직 벽과 벽의 자리로, 문과 문의 자리로, 심지어는 기둥의 자리로 들락거리거나 들락거리지 못한다. 현재 내 시의 운명이다.

어느 비 오는 밤

현동 용슬재에서 있었던 일

내가 키우던 개의 이름은 소슬이었다. 쓸쓸하라고 지어준 이름은 아니었다. 다만 번잡하지는 않게 그만그만한, 소슬한 위치를 위로해달라는 뜻이었을 것이다. 그리고 부를 땐 늘 소실小室이라고 불렀다. 그도 어울리는 이름이었다.

한 오 년 전이었을 것이다. 선배가 투실한 강아지를 안아서는 옆 좌석에 싣고 오는데 그 표정이 어찌 선하고 순하던지 그만 눈물겨웠다. 신호에 막힐 때마다 몇 번이고 머리를 쓰다듬어주곤 했다. 이제 너는 어미를 떠나 혼자 외롭겠군. 그러나 그게 살아가는 과정이지. 나는 혼자서 아이들처럼 그런 생각들을 했으나 놈은 내 집에 와서 외로운 척도 하지 않았고 낑낑대는 소리 한번 내지도 않았다.

한밤에 귀가하면 내 차 소리를 알아차리고는 제일 먼저 담장에 두 앞발을 턱 버티고서 나를 반겼다. 힘껏 달려들어 옷을 더럽히곤 했지만 이내 고쳤다. 말귀를 알아듣는 데 시간이 오래 걸리지 않았다. "튀어 오르지 마라." 하면 반가워는 하되 발이 몸에 닿지 않을 만큼 조심하면서 반가워했다.

내내 벼르다 지난해엔 첫 번째 새끼를 가지게 했다. 내가 어른이 되면 짐승의 새끼를 돌보는 것도 괜찮겠다 싶었던 것이다. 어린 아이들에게도 좋은 공부가 되려니 싶었다.

어느 날 아침에 나가 보니 개집에 갓 낳은 강아지들의 울음소리가 요란했다. 놀라 가보니 이제 막 낳은 놈이 어미 품으로 파고들면서 억세게 우는 소리였다. 새끼가 그렇게나 다부지게 울음을 우는 것에 약간은 놀랄 지경이었다. 그런데 한 마리는 곁에 죽어 있었다. 어미의 줄을 풀어놓았어야 했는데 그만 목줄에 상처를 입은 듯했다.

주변을 정리하고 나서 큰 장소로 옮겨주고는 새끼를 수건으로 닦아주면서 열 마리를 받았다. 젖도 잘 먹었다. 밤이면 불도 켜주었다. 헌데 경험이 없었던 탓인지, 무엇이 잘못된 것이었는지 털빛도 반짝이고 한결같이 짱짱하게 젖을 파먹던 놈들이 외출에서 돌아와 보니 모두 축축 늘어져 있었다. 어미는 시무룩히 앉아서 새끼들을 돌보지 않았다. 어찌해야 할지 몰랐다.

그러다가 다 죽고는 딱 한 마리만 살아 자랐다. 귀여움을 독차지한 것은 말할 것도 없다. 그런데 그마저도 비극으로 끝을 맺고 말았다. 며칠 집을 비우고 돌아와 보니 대문 앞에 피를 흘리며 새끼가 늘어져 있는 것이 아닌가. 그만 맥이 풀리고 말았다. 머리 위에는 누가 뿌렸는지 장미 꽃잎 몇이 떨어져 있었다.

치우고 대문 안으로 들어가니 소슬이는 여전히 나를 반겼다. 눈물이 날 지경이었다. 대문 밖에서 제 새끼가 죽어 있는 것을 지켜봤을 놈이 주인이 왔다고, 그것도 오랜만에 왔다고 천연스레 반가워하고 있는 광경에 가슴이 저리지 않을 도리가 없었다. 알아보니 우리가 돌아오기 불과 몇 시간 전에 새끼가 대문의 틈을 비집고 나갔다 그만 차에 치이고 만 것이다. 배고픔을 참지 못했을 것이다. 가끔 대문 밖에서나마 우리 집의 개를 귀여워하던 어떤 아이가 새끼가 죽은 것을 보고 꽃을 뿌려주었다는 소리를 들었다.

그렇게 가슴 아픈 시간이 지나고 다시 새끼를 낳게 해보자는 생각이 들었다. 전번의 경험이 있었던 덕에 전혀 손을 대지 않았다. 아닌 게 아니라 모두 잘 자랐다. 역시 사람의 생각이 짐승이나 자연에 닿으면 아무리 좋은 생각이라고 하더라도 옳은 것이 아니다. 사람의 좋은 생각이 자연의 좋은 생각은 아닌 것이다. 열한 마리라는 기록적인 새끼들을 돌보고 키우는 일이라니, 소슬이는 눈코 뜰 새 없는 나날을 보냈다. 큰 항아리만 한 배를 해 가지고는 한겨울인데도 더운 듯이 숨이 차서 헉헉거리며 다니던 모습이 눈에 선하다.

새끼를 낳던 날도 나는 그놈을 지켜보았었다. 구정 바로 전날이었다. 오늘내일 새끼를 낳을 듯하여 집 안에 보온등을 설치해주고는 수시로 '소실 댁' 안을 들여다보곤 했었다. 그날 새벽에도 고요히 두 다리를 펴고 앉아서 힘을 쓰고 있었다. 나는 문 앞에서 지켜보았다. 첫 새끼가 나오려는지 힘껏 용을 쓰는 듯하더니 꼬집힌 듯 깨갱하며 비명 같은 울음소리를 질렀다. 그리고는 새끼가 나왔다. 소슬이는 얼른 뒤돌아 새끼를 핥으며 태를 먹고 나서 품에 넣는 것이었다. 나는 그

광경을 잊을 수가 없다. 그 순간 다시는 새끼를 낳게 하지 않으리라 마음먹었다.

그렇게 날이 새고 다음날 한나절이 지나도록 열한 번의 출산을 반복하고 나서 배가 홀쭉한 채 집을 나왔다가는 이내 들어가곤 했다. 밥을 먹다가도 무슨 소리가 난다 싶으면 이내 집 안으로 들어갔다.

시간이 얼마 흐르고 나니 숫자가 숫자인지라 눈밭에 나와 놀기 시작한 새끼들이 온 마당에 가득이었다. 사람이 다닐 수 없을 지경으로 몰려다니는 모양이란 어떤 광경도 따를 수 없는 아리따운 것이었지만, 그러나 그게 들판이 아닌 것은 여간 유감이 아니었다.

새끼들을 제자들에게 몇 나누어주고 아는 사람들에게도 주었다. 잘 키우는 것을 전제로. 그렇게 한 마리만 남겼다. 어미인 소슬이의 노고를 생각하면 도저히 누구에게 줄 수 있는 것이 아니지만 할 수 없는 노릇. 그래도 어미가 외롭지 않도록, 그것도 인간의 생각이지만 허전하지 않도록 한 마리는 남기기로 했다. 지난해의 그 슬픈 사연도 만회해야 하리란 생각에서였다. 한 마리만 남은 새끼가 다 자란 다음, 다 큰 새끼와 어미는 어떤 관계로 지내게 될까 싶기도 했다.

어느 날부터인지 소슬이가 시무룩했다. 늦은 귀가에도 집안에서 나오지 않은 적이 많았다. 이제 소슬이도 늙었구나 생각했다. 헌데 점점 기운이 빠지더니 어느 날은 마당가에 앉아서 몸을 떨기 시작하는 것이 아닌가. 약을 먹여도 소용없었다. 또 어느 날엔 소슬이는 집에 들어가지 않고 자기가 변을 보던 자리에 가 눕기 시작했다. 이상한 생각이 들었다. 숨이 가빠지고 있었다. 아무것도 먹지 않았다. 그래도 내가 돌아오면 겨우 겨우 일어나 꼬리도 치지 못하고 다가와 나를 좀 살려달라는 표정으로, 나를 좀 위로해달라는 표정으로 기대왔다.

다른 병원에 다시 데려가 보기로 했다. 도저히 힘겨워 보는 사람이 견딜 수 없을 지경이었다. 차라리 편안하게 보내자는 심사도 없지 않았다. 진단 결과 무서운 병이었다. 응급처치를 하자 숨이 좀 편안해지는 것 같았다. 목덜미에 마침 경련이 오기 시작했다. "편안히 보내는 것이 좋을 듯하오." 수의사의 말이었다. 눈물이 솟았다. "오늘 밤에 더욱 힘든 고비가 오고 나서 죽을 것 같으니……." 이런 말이 이어졌다. 나는 얼른 허락하고 나서 밖으로 나왔다. 눈 한 번 더 맞춘다는 것이 그저 머리만 한 번 쓰다듬어주는 것으로 그치고 말았다. 그럴 줄 알았으면 새끼랑 한 번 더 마주 보게라도 하고 데려올 걸. 물론 인간의 생각이지만 나는 그게 못내 아쉬웠다.

"아무것도 먹지 않아 뭘 줄 생각도 하지 않았는데 무심결에 수박을 한 쪽 주니까 덥석 받더라구요. 시원한 것이니 먹을 맘이 생겨 그러는 줄 알았더니 제 새끼에게 가져다 물려주더라구……."

그날 아침에 있었던 일이라고 한다.

아직 몸이 채 식지도 않은 소슬이를 데려와 나의 현동 꽃밭의 양지바른 장소에 묻었다. 비가 쏟아져 오래 들여다보지도 못했지만 그래도 편안하게 허리를 동그랗게 말고 자는 자세를 만들어주고는, 아직 검은 눈빛이 채 사라지지 않은 눈을 얼핏 보고 감겼다. 그리고 그대로 흙을 덮었다. 내 잘못으로 너는 제 명을 다하지 못했으니 미안하고 미안하구나. 그래도 넌 주인을 따르고 좋아했으니 죽어서도 주인의 사랑하는 장소를 지켜라. 그리고 내가 들를 때면 반가이 맞아다오. 잠깐씩이라도 너를 추념하겠다.

제가 죽을 줄 알았던지 소슬이는 자기 집이 아닌 가장 후미진 제 변을 보던 자리에 가서 누워 숨을 헐떡이며 앓았는데, 그건 주인에게 제 험한 모습을 보이지 않으려 한 것이었으리라고 어머니와 나는 전화로 이야기를 나누면서 울먹였다. 그렇게 현동에 슬픔의 날짜가 하루 기록되었다.

나는 왜 문학을 하는가

얼마 전이다. 집 마당에서 현관으로 오르내리던 계단을 철거하고 그 자리에 대나무를 몇 주 심었다. 그걸 심어놓고 올려다보며, 내려다보며 아주 좋았다. 상고취자尙古趣者들이 말하는 대나무라는 식물이 가진 상징성이라는 게 있어서가 아니라, 그것들을 모두 괄호 속에 넣고도 남는 어떤 것이 오래 전부터 좋았던 터다. 내게도 조숙이 있었다면 아마도 대나무를 좋아한 것 정도를 말할 수 있을까?

계단이 있던 자리는 마땅히 그것이 있어야 할 만한 적절한 자리가 아니었던 바 아니나, 나는 계단을 아주 한쪽으로 밀어붙이고 그 빈자리를 순수하게 내가 차지하고자 했다. 대나무를 심어 기르는 것도 차지하는 거라 치면 그렇다. 평수로 쳐봐야 한 평이 넘을까 말까 한 정도지만 내 욕망은 가끔 이런 쓸데없는 데에 곧잘 매달린다. 물론 이른바 경제적 측면 등등에서는 아무도 이해해주지 않을 어림없는 짓에 불과하다. 그리하여 이전의 계단은 한쪽 담 모퉁이 쪽으로 밀려났고 그 대신 자리를 차지한 대나무 몇 주는 이제 마디마디 나의 마음을 높이는 시푸른 계단이 되었다.

내가 문학을 하는 행위가 이와 크게 다르지 않았을 터다. 처음부터 그렇게 지어진 집을 구해왔듯이 이러한 세상에 왔을 뿐이다. 적응하여 사는 것이 순리라면 순리일 것이매 대나무를 좋아했다손 치더라도 심을 만한 자리가 없으면 그만이어야 할 텐데, 그렇게는 안되겠다 싶었던 모양이다. 어느 날 문득 멀쩡한 계단을 큰돈 들여 부수어내고 만 것이다.

그런데 나무를 심는 행위에 몸이 가진 힘을 넘겨서 쓴다 보니 한동안 앉아 있을 수밖에 없었는데, 그때 드는 생각이 하나 있었다. 내가 좋아한 나무를 심는 바이지만 이게 인류 평화를 위한 구체적인 행위라고 보아도 무방하지 않은가 하는, (앞서 소개한) 개똥철학이 그것이다. 어떤 동화에서도 얼핏 보았던 것으로 짐작되지만 나무를 심는 행위의 그 무심스러운, 그러나 구체적인 의미를 문학은 따라야만 하리라.

이제 청년이 되려고 하는 한 사춘기가 어느 날 야트막한 야산의 숲에서 걸어 나온다. 갈대 숲 사이로 한 사람이나 가끔 지나는 듯 흐지부지 길이 나 있다. 봄은 아직 일러서 묵은 갈대들은 철 지나 버리려고 밀쳐둔 누더기 같지만, 그 위에 쏟아지는 햇빛의 온도는 어머니의 그것을 닮아서 그 온도를 따라가 한참을 머물렀던 터이다. 쭈그려 앉거나 혹은 전쟁포로가 투항할 때 그러한 것처럼 두 팔을 뒷머리에 깍지 껴 받쳐 눕거나 하다가 이내 무료해져서는 다시 그 멧갓 짐승의 길 같은, 길 아닌 길을 걸어 나오는 것이었다. 그 길은 나의 고등학교 시절 뒷산으로 이어진 길로, 지금도 여기 이렇게 아주 흩어지지는 않고 흐지부지 머물러 있다.

아무리 다잡아도 학교 공부는 아닌 것 같은 조바심에 시달리던 때였으므로 수업에 들어가지 않으려 갖은 노력을 다 하다 포기한 시간들, 그것을 일러 어떤 살煞이라고 해야 할 텐데 종잡을 수 없다. 그때의 간절한 소망은 밥 먹여주고, 아무 잔소리하지 않고 책이나 읽게 놔두는 어느 장소의 발견 정도라고 할까? 도대체 그런 데가 이 세상에 어디 있겠는가만 그 비스름한 데라도 가고 싶었던 것이다.

산을 걸어 내려오면 높게 쌓아 올린 돌 축대가 있었다. 그 아래 멈춰 서서 축대를 올려다보고 또 올려다보곤 했다. 축대 위의 시퍼런 하늘이 녹아서 두 눈에 담겼다 떨어지곤 했다. 그 까닭을 찾자면 수도 없이 많겠고, 수도 없이 많다는 것은 정작 별것 아니었다고 말해도 괜찮은 종류들이었겠지만 절실했다는 사실만은 거짓이 아니다. 어디 없을까? 어디 없을까? 그때 절간이란 데를 한번이라도 가보았다면 그곳을 찾아가 보았을지 모른다. 그래서 지금도 어느 호젓한 창호지 방에 머리 깎고 앉아 있는 아름다운 신세가 되었을지 모른다. 꼭 절간은 아니라고 하더라도…….

그러한 때에 다시금 나타난 건 역시 시였다. '세상엔 이러한 것이 있구나!' 하는, 아직 경이驚異라고까지는 말할 수 없지만 그래도 부득이 이러한 것이 있어서 '기댈 만한 것이 이것이겠구나.' 하는 어떤 것이 슬그머니 확정지어진 셈이다. 그전에도 물론 홀연 나타나지 않았던 바 아니지만 붙잡아야 할 건지에 대한 의구를 갖지 않을 수 없었다.

저물어 어두워진 뽕밭에서 뽕잎을 딴다. 초등학교 5학년 즈음의 소년과 중년을 넘어가는 그의 어머니가 나란히 별 말도 없이 뽕잎들을 따서 연신 자루에 넣는다. 어둠들도 뽕잎과 더불어 싱싱하게 뜯겨서 자루에 넣어진다.

놀다 집에 돌아와 보니 부랴부랴 늦게 품 팔고 온 어머니도 당도했다. 그해 처음으로 돈을 만들어보겠다고 얼만큼의 누에를 쳐보는 중이었다. 저녁에 당도한 집에는 누에에게 먹일 뽕잎이 없었다. 예상대로라면 남아 있어야 했지만 하루를 더 자란 누에는 그 전날에 비해 배는 더 먹어서 남은 것이 없었던 것이다. 굶길 수는 없으므로 어린 아들과 뽕밭으로 간 거였다. 그 기억이 왜 이렇게 선명한 걸까. 시퍼런 물결 같은 그 잎들 사이를 오가며 가장 크고 넓은 것들을 똑똑 손가락으로 부러뜨리던 소리까지도 싱싱하게 아직 남아 있으니.

몇 밤을 지낸 누에는 몸이 투명해지면서 먹이를 끊었다. 그러고는 두리번거리며 방황을 시작하는 거였다. 집을 지어야 할 자리를 찾기 시작했다는 것을 눈치채기는 어렵지 않았다. 급한 대로 소나무 가지를 잘라다 놓아두니 거기에 올라 적당한 자리를 잡고 고개를 휘휘 두르며 입에서 실을 뽑아서는 고치를 지어나갔다.

식구들이 불화한 아침나절이면 나는 햇빛도 찰랑이는 샘가에 앉아 있곤 했다. 불화를 형성하는 소재는 다양했지만 모두 가난 플러스 알파였다. 가난하면 가난에 어울려야지 가난보다 똑똑해선 안 된다. 어린 내가 주체하기 어려운 그 불화의 가장자리! 가난에 보태지는 알파에는 우리의 역사를 한몫 크게 넣어야 하겠지만 그때나 지금이나 그걸 말하고 싶진 않다. 그땐 알지도 못한 거지만 말이다.

샘물을 들여다보며 울음을 터뜨릴 나이가 지난 내가 하는 일은 '이게 아닌데, 이게 아닌데…….' 하고 되뇌는 일과 딱히 누구에게랄 것도 없는 적의나 무력감 같은 것들을 삭이는 것이었다. 어른대는 물속의 내 불쌍한 모습도 삭였다. 갑자기 배가 고프고 빈혈이 오고 악다구니가 오고 부끄러움이 오고 살기 같은 것도 그 어린이에겐 왔었던 듯하다. 그러나 어떻게 할 수 없는 그 막막하고도 막막한 슬픔의 체험은 누에와 다를 바 없던 그 소년에게 모두 뽕잎들이었는지 모른다.

비로소 고치 속에 제 몸을 들여놓은 누에가 그 안에서 계속해 고개를 저어가면서 집을 두터이 해가는 모습을 바라보고 있노라면 분명 멀어지는 것은 아닌데도 멀어지는, 사라지는 것으로 느껴져 마음이 찹찹해졌던 기억이다. 어느새 그 모습이 어렴풋해지고 마침내 보이지 않았다. 그래도 그 안에서 누에는 제 육신이 다할 때까지 쉬지 않고 육신의 모든 것을 뽑아 집을 짓고 있으리라는 것을 모르지 않았다. 솔잎에 주렁주렁 매달린 새하얀 타원형의 누에고치는 예쁘기 그지없었다.

얼마간의 누에고치가 수습되어 어머니는 그걸 들고 도회지로 나가셨고 그건 또 얼마간의 돈이 되었을 것이다. 그러나 수습될 수 없었던 늦된 누에들이 있었다. 버릴 수 있는 것이 아니어서 그대로 내버려두어 자리를 잡아 집을 짓고 그 안으로 '멀어지는' 것을 바라보곤 하였다.

모든 것을 부정하고 싶은 세상에 대한 적의가 문학을, 시를 만났을 때 순진하게도 그것을 통해서 무슨 말이든지 지껄일 수 있겠다는 생각을 했다. 문학은 그런 의미에서 어떤 정신적 고통도 능수능란하게 처리하고 앙갚음할 수 있는 수단이라고 생각했다. 내게 치욕을 안긴 인물은 문학에다 실명으로 그려 넣어서 영원불멸의 치욕으로 갚아주겠다는 오기가 내게 문학을 생의 아귀에서 꼭 붙들고 놓지 않게끔 했는지 모른다. 그러한 얼뜨기 믿음은 내부에서 쾌감을 생산한다는 사실도 알았다. 그것은 마술과 같은 것이어서 누구도 나를 당할 순 없으리라는 오만방자를 갖게 한다.

지금도 어느 정도는 그 앙금이 남아서 호기를 낳는다. 그것도 없다면 정치적 겸손이거나 거짓말일 것이라고 나는 확신한다. 그렇지 않다면 다른 것을 해야 하지 않을까? 나는 문학만을 가르친다는 대학을 찾아갈 수밖에 없었고, 지금까지 그 길은 이어져서 문학을 가르치는 행복으로, 또는 고통으로 연결되고 있는 것이다.

어느 저녁, 여느 때와 다를 바 없이 집으로 돌아온다. 무엇인가를 찾느라고 재봉틀의 서랍을 연다. 거기에 한 영혼이 있었다. 작고 흰 나방 하나가 누추한 고치 위에 앉아 있었던 것이다. 서랍 속 귀퉁이를 찾아가 집을 지은, 버림받은 것과 다를 바 없는 영혼이 이제 육신을 벗고 깨어나 날아가려 하고 있다. 내게 그보다 더 극적인 체험은 달리 없다. 그것은 차마 예상치 못한 하나의 경이였다. 그리고 내 생이 어떠해야 할 것인가를 보여주는, 내 뇌리를 떠나지 않는 몇 가지 풍경 중 하나가 되었다.

내 육신은 고통과 증오와 치욕과 방황을 먹지만 그것들을 다시 뱉어내어 집을 짓고 그 '내부로 멀어져' 사라질 수만 있다면, 육신을 다 써버린 어느 날 나는 날개를 달고 나와 이젠 버려도 되는 그 집 위에 늠름하게 앉아 살아낸 세상을 유유히 바라볼 수 있으리라. 그러나 내가 먹은 그 많은 '뽕잎들'이 사랑의 명주실로 소화되지 않고서는 집이 되지 않는다는 사실의 발견이야말로 더한 층위의 고통이었는지 모른다. 그러나 그 고통을 미래에라도 실감할 수 있다면…….

나는 이즈음 높다란 축대 대신 시푸른 대나무 아래 서서 댓잎들에 서걱이는 하늘을 눈에 녹이며 그런 생각에 잠기곤 한다. 헌데 그 나방은, 영혼은 훌쩍 날아올랐던가? 가만히 있었던가? 그것을 나는 보았던가?

비유,

카메라

비유比喩는 위대하다. 비유를 통하지 않고는 '저쪽' 너머에 가라앉아 있는 것을 들어 올려볼 방법이 없다. 이쪽 편에 무엇을 올려놓느냐에 따라 저쪽은 떠오르기도 하고 그렇지 않기도 한다. 태양이 떠오르는 것은 그것의 반대편에 무엇인가가 올려져 있기 때문인데 그것은 대개 '나'라고 하는 숨덩어리 아닐까?

태양은 나와 대비된다. 그렇다고 해서 불경할 것도 없다. 태양이 지는 것 또한 내가 사그라지기 때문이다. 정오를 지나면 나는 점점 가벼워지고 태양을 이길 수 없다. 노을이 아름답다고 느끼는 것은 그런 의미에서라면 거짓말 같다. 사실 노을은 장엄하고 비극적이다. 단순히 아름답다고 감탄할 만한 건 아니다. 태양이 떠오를 때 그 빛들은 상처를 만들고 그늘을 만든다.

맨 처음 카메라를 만졌을 때 나는 재미났다. 그것이 정신의 구조와, 삶의 구조와 닮았다고 막연히 생각했기 때문이다. 그리고 무엇보다 '빛'에 관련된 어떤 물건이었던 것이다.

카메라는 크게 렌즈와 조리개와 암실과 셔터 막과 필름 막의 순서로 이루어져 있다. 그리고 셔터 치는 소리, 그것은 카메라가 빛을 삼키는 소리인데 경쾌하고 발랄하다. 카메라가 가지고 있는 유일한 목소리며 음악이다. 맨 뒤쪽에 필름이라는 하나의 삶이 장전(삶은 긴장이라는 측면에서 늘 '장전' 상태가 유지되는 것이다)되었을 때, 그 삶을 향해 빛은 저 렌즈 바깥에서부터 대문인 조리개를 거쳐 컴컴한 방으로 들어간다. 그리고 다시 두 번째 대문인 셔터 막에서 통과의 가부可否를 기다리고, 그것이 열리면 비로소 순수한 상태의 무엇에 삶이라는 충격을 먹이며 닿는다. 필름은 일종의 빛의 하구요 삼각주인 셈이다.

빛의 퇴적물들, 소용돌이가 짓이긴 상처가 그 잠재적 삶(생필름)의 상태에 묻어서 비로소 삶을 만들어낸다. 삶은 일종의 상처의 과정인 것이다. 물론 그 이후의 과정(가령 염습-현상-인화와 정착)을 거쳐 그 삶은 개인적이든 사회적이든 온전한 모양을 갖추어 보존되고 보여지지만, 꿈틀대는 실감으로서의 삶은 카메라 안에서 끝난다. 한번 결정된 삶은 다시 바꿀 수 없는 것이다.

빛

맨 처음 빛이 있었다. 혼돈 가운데 빛이 있으라 함에 빛이 있었고 어쩌고 하는 구절이 있지만 빛이 있고 빛은 모든 사물과 상황을 자신이 길들였다고 여긴다. 카메라는 그러한 빛을 계량화하는 오만한 물건이다. 그것이 매력이다. 그레이 존Gray zone이라는 게 그것의 도덕률이다. 도덕이므로 물론 관용도寬容度가 있다.

사진기의 양식은 바로 빛이다. 빛은 탐욕적이라 어디든 간다. 귀신 잡는 빛이다. 어느 틈이든지 새고 스미고 퉁겨서 자기를 현현한다. 그런 의미에서 빛은 무자비하다. 빛을 그냥 두었다면 어떻게 되었을까. 모든 사물의 가장 만이 격인 빛 사이에 어둠을 두지 않았다면 어떻게 되었을까. 신이 빛을 견제할 수 없었다면 어떻게 되었을까.

빛은 사진기의 양식이지만 늘 한 끼니씩만 필요로 하는 정량제의 양식이어서 한낮일 때는 한 모금만 빼고 거부당한다. 차라리 양식이 부족할 때 사진기는 편안하다. 그만큼만 내부에 상처로 저장하면 되는 것이다. 상처는 카메라의 본질에 속한다. 빛은 어떤 사물에게나 마찬가지로, 카메라의 내면에 상처를 입히는 것으로 일을 시작한다. 내면에 풍경을 만드는 일이다. 그 상처가 결국 카메라의 본질에 속하며 그런 의미에서 빛은 사랑과 비슷하다. 사랑은 늘 상처로써 제 짧은 생애를 기념하지 않던가.

렌즈

시선이란 무엇인가? 세계관이란 무엇인가? 본다는 것! '(……)적'으로 생각한다는 것! 관점이라는 것! 넓게 펴서 볼 것인가, 아니면 좁게 한두 가지만 볼 것인가. 멀리 볼 것인가, 가까이 볼 것인가. 올려볼 것인가, 내려볼 것인가. 그도 아니면 평행으로 바라볼 것인가. 그 관점이라는 것은 방황의 시작이다. '관점'이 먼저인가 '풍경'이 먼저인가. '내'가 먼저인가

'세계'가 나를 여기 있게 한 것인가.

우선 어디를, 무엇을 향할 것인가. 빛이 보여주는 모든 것 중에서 과연 가장 나와 내밀한 관계의 것은 무엇인가. 김춘수 선생은 가장 잘 알려진 어법으로 빛이 모든 것을 '몸짓'으로 일으켜 세운 것임을 증명했다. 그는 모든 사물을 우선 '몸짓에 지나지 않는다'고 말한다. 그 몸짓도 실은 그것이 '몸짓'일 때 이미 의미를 향한 출발 이후지만, 그것이 의미로 정착되기 전에는 떠도는 무엇이다. 관점은 어느 몸짓을 춤으로, 또는 의미로 받아들일 것인가 판단하는 기준이다. 어떤 삶을 살 것인가. 춤인가 의미인가.

풍경에 맞출 것인가. 관점에 맞출 것인가. 렌즈는 세계관의 출발이다. 어린아이가 자라서 의식을 가지기 시작할 때, 자의적 기억을 가지기 시작할 때, 판단이 서기 시작할 때, 렌즈를 갖기 시작한 것이다. 세계를, 풍경을 어떻게 구획 지을 것인가를 두고 렌즈는 방황하고 공부한다. 줌렌즈는 풍경에 맞추기 편리한 기계지만 관점이 모호하고 단렌즈는 고집이 세서 들어오는 몸짓이 많지 않다. 줌은 몸짓 편이고 단렌즈는 의미 편이다. 빛은 그 관觀을, 풍경과 몸짓들을 거느리고 들어선다.

조리개

그러나 몸짓들은 이제 겨우 프레임 안에 들어왔을 뿐이다. 겨우 시야를 얻었다는 뜻이다. 그것은 막배를 탄 것에 비견된다. 아슬아슬하게 막배를 탄다. 그러나 심상찮던 조짐처럼 막배는 풍랑을 만난다. 표류하는데 날은 어둡기 시작한다. 식량(빛)이 얼마 없다. 날은 어둡고 잔인하지만 던져버려야 할 식구들이 많다. 다행히 너무 어둡지만 않다면 모두 같이 있을 수 있다. 식량(빛)이 생존(심도)의 규모를 결정한다.

그러나 그러한 외부로부터 주어진 조건이 아닌 내부의 자발적 관점은 또다시 피바람을 일으킨다. '사상'을 하다가 죽는 것과 같다. 우리 땅에도 그러한 시절이 있었다. 그리고 여전히 지금도 그 그림자는 길게 드리워져 있다. 처단해야 할 것이 보이는 것이다. 지저분한 것들, 관점의 사상에 맞지 않는 것들은 버림받아 변방으로 추방되어야 한다. 그러나 그 추방은 프레임 밖이 아니다. 그것이 비극이다. 프레임 안에 있으면서 흐리게, 보이지 않게, 무언지 확실치 않은 생애를 보내도록 버림받는 것이다.

김성동 선생 같은 분의 자전自傳을 들여다볼 때 고등학교 졸업을 앞둔 어느 날 초점에서 버림받은, 심도에서 벗어난 삶을 자각한 허기진 생애는 천생 입산을 거쳐 작가 쪽으로 기울어졌던 것으로 보인다.

무언가를 선명하게 하나 선택하면 그 외의 것들은 날아간다. 그 무엇이 가까울수록 더더욱 그렇다. 가까운 것을 자세히 볼 때 시야는 협소해지고 다른 것은 눈에 들어오지 않는다는 사실이야말로 이데올로기에 가깝지 않은가. 그러나 그 시선이 비교적 멀 때 시선에 딸려오는 사물들은 언제든 그 초점 중심에 설 수 있다는 설렘을 버리지 않는다. 멀리 보는 것, 먼 것을 보는 것이 얼마나 중요한가. 그러나 가까운 사물들, 상황들은 멀리 보는 것을 방해하고 질시한다. 애인이 수행을 방해하듯. 지금 정치가 역사를 방해하듯. 그 맥락에서 애정도 이 조리개의 논리와 별반 다르지 않다. 어린아이에게나 어른에게나 가까운 것보다는 멀리 보는 것이 훌륭하다라는 교훈을 주고 싶은 사람이 많을 것이다.

검은 방

빛은 풍경과 더불어 이 방에 들어온다. 카메라 안에서는 가장 큰 광장이다. 어둠이 꽉 차서 그 속에 터널을 내며 빛은 들어오게 되어 있다. 사방은 어둡고 고요하다. 그 이미지는 실크로드의 이미지와도 비슷하다. 멀고 멀다. 그 어둠의 강을 빛은 격즙도강擊楫渡江, 노를 치며 건너가는 것이다. 단순히 초점 거리를 맞추기 위한 간격에 불과하여 직접적으로는 아무것도 하지 않고 가만히 있는 그 간격의 방은 결국 무위無爲의 무시무시함을 보여주는 공간인 것이다. 조리개와 뒤에 얘기할 셔터가 선택한 모든 내·외부적 조건들에 의해 결정된 사항이 집행되는 형장인 셈이요, 심청의 바다 인당수인 셈이다. 가만히 있음으로써 제 역할을 다하는 것들. 나는 시의 경우도 감히 그러한 종류가 아니겠나 생각해본다.

셔터

셔터는 시간과 관계된다. 시간은 빨리 지나가는 것들을 묶는 것이다. 그러나 그것은 밥(빛)이 넉넉해야 가능하다. 밥만 넉넉하다면 웬만한 빠르기의 움직임은 꼼짝없이 걸려든다. 심지어는 총알까지도 잡아 묶어버린다. 그리고 그 빠른 것들의 흔적까지도 적나라하게 드러내준다. 빛의 내조 아래 셔터는 맘껏 시간을 흔적으로, 평면으로 환치할 수 있는 마술을 부린다. 카메라의 최종 심판관은 셔터다. 모든 조건이 어떤 관점에 의해 정해졌을 때 셔터는 재빠르면서도 무자비하게 집행한다. 그래서 그곳에서는 경쾌한 음악이 나온다. 그것은 음악일 수도 있지만 때로는 한숨이요 장송곡이요 단두대의 날이 내려와 부딪는 소리요 마지막 문이 닫히는 소리다. 판관의 망치 소리다. 모든 것이 의미의 낱알이 되기 위해서는 그 셔터 안으로 턱걸이를 해서라도 들어서야 한다. '하나의 몸짓'에서 '의미'로 도약할 수 있는 마지막 관문인 것이다. 그래서 거기엔 소리가 있다. 이를 음악이라고 불러도 될까?

내가 가졌던 첫 번째 카메라인 니콘 F3은 셔터 소리의 오묘함 때문에 누군가에게 주기 싫었다. 아마도 그 경쾌한 소리는 내가 들어본 카메라 소리 중 가장 감미롭지 않았을까? 라이카 R은 퍽! 하고 가슴팍을 조지는 소리다. 가마니를 메치는 소리이기도 하다.

필름

셔터를 통과한 빛과 풍경은 어찌되었든 생애를 기록하게 되어 있다. 아니 생애 그 자체다. 백석의 명품 중에 〈흰 바람벽이 있어〉가 있다. 그 시의 바람벽은 영사 막이자 하나의 필름이다. 거기에 기억과, 기억의 토양 위에 어린 상상의 빛들이 상처를 입히며 지나간다. 그 상처는 싱싱해서 움직이고 어른거린다. 그 필름은 읽는 이의 가슴에 와서 현상되고 인화되어 남는다.

필름은 모든 것의 본래 모습 그대로, 육조六祖 혜능慧能이 알아맞힌 본래 없는 거울의 상태로, 부처의 모습 그대로 카메라에 안긴다. 필름은 그 상태로 누군가의 호명을 기다린다. 운명이란 그런 것이다. 돌이키기 힘들지만 할 수 없이 앞으로 나아가는 것. 거기에 하나의 목소리가 들린다. 바로 빛이다. 빛은 무자비하게 쏟아져 들어와 부처를 긁어놓는다. 그 상처가 너무 심해서 '해탈'의 지경이 되기 전에 사진기는 식사를 재빨리 중단해야 된다. 온몸이 상처가 되면 이미 그때는 아무것도 아니다. 본래무일물本來無一物. 상처가 없다면 우리는 이 세상의 무엇을 살았다고 말할 수 있을 것인가. 상처가 곧 체험인 셈이다. 체험이 상처가 아니라면 들여다볼 것이 아무것도 없다. 체험은 했는데 아무 영상도 없을 때 그 체험은 타버린 체험이 되고 만 것이다.

그렇게 빛은 상처를 남기고 스러진다. 그 상처가 아물어서 하나의 풍경이요 생애요 꿈이요 이승이요 저승이 된다. 그리고 다시 그 풍경은 서서히 '질문의 풍경'으로 색이 바래진다. 무엇으로도 짐작되지 않는 색!

어둠에 새긴다

어둠이 온다. 어둠이 또 온다. 어둠이 지치지 않고 온다. 어둠이 밀려서 온다. 많다. 많다. 어둠이 밀려온다. 헌데 이번엔 어둠이 밀려오기보다는 각각의 사물들과 건물들 사이에 배인다. 겨울이 스미고 난 거리에 다시 어둠은 배인다고 해야 더 적당할 듯하다. 종이에 물이 스미듯 어둠이, 어둠이 내 눈앞의 허공을 메우기 시작하더니 마침내 다 어두워졌다.

어둠은 어두운 데부터 어둡게 한다. 어스름이 깊도록 방에 앉아 꼼짝하지 않는다. 나는 스스로 깊은 데가 되어서 앉아 있다. 어둠이 내려서 길들도 사라지고 지붕들도 사라지고 행인들도 모두 사라졌다. 어둠 속으로 다 사라진 것이다. 어둠은 오기도 하고 내리기도 한다. 그리고 머금은 것이 있는 자에게 어둠은 배어온다. 그러나 여전히 그 속에서는 무슨 일인가 벌어지고 있을 것이다.

대신 불빛들이 살아났다. 도시의 빛들을 내려다본다. 밤 풍경, 밤 풍경이다. 내가 보는 밤 풍경은 늘 빈약했다. 힘이 모자라서, 내 눈에 닿는 순간 지쳐서 스러져버릴 것만 같은 빛들의 풍경이었다.

저 수도국산의 밤 풍경, 판자촌이었던 그 밤 풍경. 월곡동의 밤 풍경. 어둠이 판잣집들을 다 먹고 나서 뱉어내듯 보여준 그 빛들을 춥게 바라보던 기억이 떠오른다. 눈이 오는 추운 날도 눈발과 함께 날리던 빛들이다. 나는 정강이로 새어 들어오는 바람에 오그라지면서 그 빛들을 봤었다.

그러나 지금은 밤 풍경을 올려다보지 않고 내려다보고 있다. 깜빡깜빡하는 것들이 있고 오르락내리락하는 것들이 있고 파란 것들이 있고 노란 것들과 빨간 것들이 있다. 지나가는 빛들은 자동차의 것이다. 하늘의 빛은 보이지 않는다. 모두 어둠 속의 문자들이다. 멀리 보이기 때문에 구체적인 내용을 알 수는 없다.

실제로 스스로를 밝히기 위한 빛은 별로 없을 것이다. 밖에다 무슨 말인가를 하고 있는 것이다. 무슨 말인가를. 무슨 말인가를 하고 있는 빛들이다. 스스로를 밝혀보려는 빛은 아닐 것이다. 컴컴한 칠흑의 밤이 그립다. 그때 나의 불빛을 가지고 싶다.

3

음의 물 위에
배를 띄우고

내가 이 세상살이를 번거롭게 생각한 것은 벌써 오래된 일이다. 내 게으름으로서는 이 세상은 야망을 갖기에 너무 좁다고 자위하는 것이다. 게으른 자의 변명으로는 참으로 위대한 이론이다. 이 세상이 좁다. 이 세상에서 할 일이란 별것이 없다. 그래서 나는 게으르고 가난하다. 그런데도 부끄럽지 않다! 그러나 그 변명은 참 구차하기도 하다. 아이들을 낳았으니 더욱 그렇다. 아이들을 먹이고 키워서 세상에 내보내 살아가게끔 해야 하는 수고는 피할 수 없기 때문이다. 이제 그것은 변명이 될 수 없는 것이다.

그런데도 나는 게으르다. 이번엔 이런 변명을 마련할 차례다. 이 세상에서 야망을 갖기엔 나는 너무 약하다. 이 세상의 야망은 참으로 힘들고 너절하고 부질없는 것이다. 허망한 것이다. 나는 세상 사람들의 얄팍한 약육강식의 투쟁 속에서 잘 살아남으며 그것을 가르치느니 자연의 섭리를 가르치겠다. 진리는 세속에 있는 것이 아니니 차라리 가난하게 사는 방법을 가르치겠다. 이런 변명이다. 제법 그럴 듯하다. 그러나 아이들은 잘 따라주지 않을 것이다. 그래도 나는 그런 변명의 이론을 마련하지 않을 수 없다. 나는 게으르고 약한 것이다.

얼마 전에 나는 산속에 땅을 한 자리 마련했다. 이백 평 남짓한 땅이니 내가 차지하기엔 과분하고 좀 큰 성싶은 땅이지만 붙어 있는 것이니 할 수 없다. 그곳은 또 너무 깊어서 보통 사람들이 선택하기엔 망설여지는 장소일 것이다. 그러나 내게는 아주 좋았다. 나는 늘 세상에 패배한 은자의 심정으로 살아가고 있으니 깊이 숨는 것은 당연한 일이다. 그곳을 즐겁게 드나들며 별의 운행을 공부하고 싶고, 식물들을 공부하고 싶고, 그럴 수 있다면 나무를 다루는 공부를 하고 싶고, 실컷

자고, 자고 일어나 꽃들을 키우고 싶다. 가난하고 게으른 자가 누릴 수 있는 호사를 보란 듯이 누리고 싶은 것이다.

그 장소로 가려면 한강을 거슬러 올라 양수리를 지나고 다산의 생가를 지나가게 되어 있다. 다산의 고향이 내가 은거하고 싶은 곳(은거하는 사실을 이러한 글로 옮긴다는 것은 이미 은거가 아니다. 차라리 나의 쉼터라고 하자)의 근방이라는 사실은 참으로 마음을 끄는 바가 크다. 이 위대한 학문의 세계와 지혜를 감히 들여다볼 수는 없다고 하더라도, 그가 밟았을 길과 지형을 이백여 년이 지난 뒤라도 밟을 수 있다는 사실만으로도 큰 공부다. 그의 생가를 둘러보면서 그의 멋을 읽었던 기억을 되살렸다. 좀 길지만 인용해보겠다.

> 중국 명나라의 원굉도袁宏道는 천금의 돈을 주고 배 하나를 사서 배 안에다 북과 피리 그리고 관악기와 현악기를 비롯한 여러 가지 오락 기구를 갖추어놓은 뒤, 마음 내키는 대로 놀다가 비록 이것으로 말미암아 망한다 하여도 후회하지 않겠노라고 했다. 이것은 미친 사람이나 방탕한 자가 할 일이지 나의 뜻은 그렇지 않다.
>
> 나는 적은 돈으로 배 하나를 사서 배 안에 그물 네댓 개와

낚싯대 한두 개를 갖추어놓고, 또 솥과 잔과 소반 같은 여러 가지 섭생에 필요한 기구를 준비한 뒤 방 한 간을 만들어 온돌을 놓고 싶다. 그리고 두 아이들에게 집을 지키게 하고, 늙은 아내와 어린아이 및 어린 종 한 명을 이끌고 물에 떠다니는 것이다. 종산種山과 초수苕水 사이를 왕래하면서 오늘은 오계奧溪의 연못에서 고기를 잡고, 내일은 석호石湖에서 낚시질하며, 또 그 다음날은 문암門巖의 여울에서 고기를 잡는다. 바람을 맞으며 물 위에서 잠을 자고 마치 물결에 떠다니는 오리들처럼 둥실둥실 떠다니다가, 때때로 짤막한 시가詩歌를 지어 스스로 팔자가 사나워 불우하게 된 정회를 읊고자 한다. 이것이 나의 소원이다.

옛사람 중에 이런 일을 실행에 옮긴 자가 있으니, 은사隱士 장지화張志和가 그런 사람이다. 장지화는 본래 관각館閣 학사로서 만년에 물러 나와 이렇게 지냈는데, 그는 연파조수烟波釣叟라고 자호했다. 나는 그의 풍모를 흠모하여 초상연파조수지가苕上烟波釣叟之家라고 쓰고 이것을 나무에 새겨서 편액을 만들게 하여, 그것을 간직해온 지 몇 년이 되었다.

이후 다산은 초산의 농막에서 막 배를 지으려고 하였는

데, 임금의 부름을 받는 바람에 그 편액을 정자에 달아놓고 떠났다고 한다. 그 일에 연연하면서 이 글을 적었다고 하니 안타까워라. 그가 풍류를 실현하였다면 얼마나 아름다운 풍경과 시를 우리는 더욱 많이 가질 수 있었을 것인가.

나는 아직 젊어서 그런지는 몰라도 다산이 미치거나 방탕한 사람이라고 제쳐버린 원굉도 같은 사람 역시 적잖이 매력 있어 보인다. 이런 솔직한 예술가야말로 지금 우리 시대, 너무 싱거운 이 시대의 소금과 같은 사람일지 모르겠다.

나 또한 이러한 사람들의 학문은 꿈꿀 수 없을지언정 그 정조만은 일찍이 흠모하는 바였다. 우리 시대는 다산의 꿈 같은 것을 실현하기는 더더욱 어려울 것이다. 그 대안으로 나는 산골짜기를 선택한 것이고 그 속에서 나는 깊고 아득한 계곡, 즉 오계에 낚시를 드리우는 대신 저 브람스의 곡에 낚시를 드리울 것이다.

야노스 슈타커Janos Starker의 첼로와 죠르지 세복Gyorgy Sebok의 피아노로 듣는 브람스 첼로 소나타 1번은 그대로 깊은 연못이다. 특히 도입부의 명상은 내 인식의 끈을 아무리 깊이 드리워도 끊임없이 감아 들인다.

그 음의 물 위에 배를 띄워서 나는 계곡으로 들어간다.

가을의 병을 낫게 하는 것

마당가에 나가 사위어가는 달 아래 서서 '나무여 나무여!' 속으로 부른다. 나무들은 하루씩 하루씩 빈 가지가 늘어가는 것이다. 나는 '나무여!' 하고 부르지 않을 수 없다. 다시는 만날 수 없는 사람을 배웅하는 마음이 되어서 또 '나무여!' 하고 부른다. 내가 '나무여!' 할 때마다 내 곁을 떠나간 사람들의 이름도 그 속에는 있다. 맨 처음 나의 젊은 삼촌이 있고 늙은 할머니가 있다. 이어서 아버지가 있고, 사랑하는 나의 어머니 그리고 가까웠던 젊은 시인 기형도가 있다. 그는 길 위에서 이렇게 중얼거렸다.

그는 어디로 갔을까
너희 흘러가 버린 기쁨이여
한때 내 육체를 사용했던 이별들이여
찾지 말라, 나는 곧 무너질 것들만 그리워했다
이제 해가 지고 길 위의 기억은 흐려졌으니
공중엔 희고 둥그런 자국만 뚜렷하다

- 기형도, 〈길 위에서 중얼거리다〉 중에서

공중에 희고 둥그런 자국만 뚜렷한 삶들. 그러한 자국을 남은 사람들의 이마에, 가슴에, 매일 오는 저녁에 남기고 간 사람들. 우선 살고 간 사람들……. 다시 '나무여!' 하고 부르면 그 속에 다시는 만날 수 없는 여자들, 내가 사랑했던 몇몇 여자들이 있다. 그들은 지금 중년이 되어서 허리가 정부미 부대 자루만 해졌을 것이고 혹은 이혼하여 씁쓸히 생업을 잇고 있을지도 모른다. 지금은 소식이 닿지 않는 스님 친구, 낙동강 하구언이 잠기기 전 잠시 스쳤던 을숙도의 그 소녀, 이름도 알 수 없는 그러한 아련한 시간들마저도 나의 '나무여!'에는 묻어 있다.

아침엔 빗자루로 마당을 쓸어내고 내 귀는 그 쓸어내는 소리를 듣는다. '낙엽을 태우며'류의 낭만이 천박하게 느껴지다가도 이러한 계절의 한 갈피를 어찌할 수 없이 차지하게 되면 도리가 없다. 값싼 낭만의 주가가 천정부지로 뛰는 거다. 수요가 많으니까 그럴 것이다. 나도 그러한 주식시장의 객장에 앉아 있는 셈이다.

그럴 땐 잠이 오지 않고 커피를 서너 잔씩 마시며 앉아 있기 십상이다. 책꽂이의 먼지를 털어보기도 하고 바닥에 뒹구는 책들을 책꽂이의 책들과 바꾸기도 한다. 무슨 책을 뽑아낼 것인가. 생전 보지도 않은 책도 많은 줄 알지만 그러한 것들은 두고 또 입맛이 도는 책들을 다시 뽑아 방바닥에 늘어놓는다. 언젠가 읽기도 전에 다시 책꽂이로 올라갈 운명임에 틀림없다.

더불어 음반 앞에 서본다. 먼지 묻은 것들을 물걸레로 닦아내며 그 속의 음들을 기억해낸다. 음은 몸이 기억하는 것일까, 정신이 기억하는 것일까. 그 저장소는 도대체 어디란 말인가. 나무들이 나뭇잎의 기억을 나이테에 저장한다고 본다면 내가 이 음들을 들었던 기억은 어디에 저장되는 것인가.

신비다.

바흐도 있고 고뇌의 베토벤도 있고 흥겨운 모차르트도 있다. 그러다 만나게 되는 말러. 그래, 말러다. 지금 나는 말러를 찾고 있었는지도 모른다. 말러를 찾기 위해 마당귀에 서서 '나무여!'를 외우고 또 책꽂이 앞을 서성이고, 아침엔 전례 없이 비를 들고 서성대었던 것이다. 비질 소리를 음악처럼 귀를 모아 들었던 것 모두가 다 이 말러를 찾으려고 끙끙댄 흔적들인 것만 같다.

마땅히 〈대지의 노래〉를 들어야 하지만 어디 갔나. 눈에 띄지 않는다. 아무리 찾아도 없다. 어디 간 걸까. 다시 한번 샅샅이 살피지만 새어 나가고 없다. 하는 수 없이 나는 데임 재닛 베이커Dame Janet Baker의 매혹적인 목소리를 틀어놓고 말러의 가사를 뒤져 읽는다.

제1악장 〈이 땅의 고뇌에 바치는 술의 노래〉

벌써 금잔의 술은 나를 부르고 있다.
그러나 마시기 전에, 그대를 위해 노래를 부르리라.
수심의 노래는 네 마음에 웃음으로 울린다.

슬픔이 다가와 마음의 정원을 황폐하게 하니
기쁨은 시들고 노래는 사라진다.
어두워라 삶이여, 죽음이여.

여보시오, 주인장.
창고에 미주를 가득 숨겼구려.
여기, 나의 금琴을 타노라
금은 울리고 술잔은 비워지니
어울리는 일이 아니겠소.
맞춰 나오는 가득 찬 술잔은
이 땅의 모든 부귀보다 값지다오.
어두워라 삶이여, 죽음이여.
하늘은 영원히 푸르고
대지에는 변함 없이 봄이 되어 꽃이 핀다.
인간이여, 인생은 얼마나 되는가?
이 땅의 홍진紅塵에서
인생 백 년도 즐기지 못하는구나.

저기 보시오. 무덤 위 달빛 속에서

기어 다니는 괴이한 모습
원숭이로군. 들어보시오, 그 울음이 어떻게
삶의 달콤한 속에서 울려 나가는지를!
이제 술잔을 듭시다! 이제 때가 되었소, 친구여!
금잔을 바닥까지 비우시오!
어두워라 삶이여, 죽음이여.

원시는 이백의 〈비가행悲歌行〉이다.

悲來乎, 悲來乎! 슬프고, 슬프도다!
主人有酒且莫斟, 주인장, 술이 있으니 이제 망설이지 말고,
聽我一曲悲來吟. 나의 한 곡조를 듣고 슬프거든 노래하시오.
悲來不吟還不笑, 슬픈데 노래하지 않고 또 웃지도 않으니,
天下無人知我心. 천하에 내 마음을 알아줄 이 없구려.
君有數斗酒, 그대는 술을 드시게나,
我有三尺琴. 나는 금을 타겠노라.
琴鳴酒樂兩相得, 금이 울리고 술은 기쁨을 주며 어울리니,
一杯不千鈞金. 한 잔 술은 천금보다 낫도다.

悲來乎, 悲來乎! 슬프고, 슬프도다!

天雖長, 地雖久, 하늘은 높고 땅은 끝이 없으나,

金玉滿堂應不守. 재주와 학문이 뛰어나도 세월은 기다리지 않네.

富貴百年能幾何? 부귀 백 년이 능히 얼마나 될까?

死生一度人皆有. 죽음과 삶은 모든 이가 겪어야 할 것을.

孤猿坐啼墳上月, 외로운 원숭이는 앉아 울고 무덤 위엔 달빛 비치니,

且須一盡杯中酒. 이 잔의 술을 한 번에 비우시게나.

이 문학이 말러의 뗏목을 타고 오는 것이니 지금 나는 이 음과 문장들이 없었다면 얼마나 허전했을 것인가. 이 깊은 가을의 병을 낫게 하는 것도 또 다른 병임을 새삼 생각한다. 병이 병을 치유하니 그 상처 매우 싱싱하다.

옛 한옥에서 아를의 여인을 듣다

우리나라 남해의 작은 섬 안좌도(당시는 기좌도였다)는 우리 근대 화단의 거목 수화樹話 김환기金煥基로 하여금 세계적인 명소가 되었다. 그가 파리에서 활동할 때 평론가들은 늘 그의 고향 하늘과 바다를 빼고는 그의 그림을 설명할 수 없다고 평했다고 한다. 수화의 수필에도 자주 등장하는 그 지명은 내 뇌리에도 남아서 언젠가는 '새파란 물 위를 건너서' 꼭 한번 들러보리라 생각하고 있다.

그런데 왠지 저 남해 바다는 봄빛 아래여야만 될 것 같다. 당연하게도 남해이기 때문일 것이다. 눈발 속을 뚫고 가는 남해 바다를 상상하기는 쉽지 않다. 봄풀들이 파릇파릇한, 작은 밭고랑이 언뜻언뜻 보이는 섬들 사이를 미끄러져서 언제나 가볼 것인가.

모든 예술 작품은 그의 고향과 관련시키지 않으면 영영 풀리지 않는 무엇을 남기리라. 왜냐하면 고향이 곧 그의 정신이자 육체요, 미래이기 때문이다.

프랑스 남부 프로방스 지방의 아를이라는 고을은 조르주 비제Georges Bizet의 〈아를의 여인〉으로 세계적인 명소가 된 곳이다. 게다가 좀 더 강렬할 태양을 보기 위해 이 지방을 찾은 빈센트 반 고흐 덕택에 미술사에서도 빼놓을 수 없는 고장이 되었다(그가 동숙자 고갱과의 언쟁 끝에 자신의 귀를 자른 것도 이 고장의 하숙에서였다고 한다). 고흐의 '아를 풍경'이 고을의 빛과 태양을 전한다면 비제의 이 음악은 고을의 심장소리를 전한다고 할 수 있지 않을까?

경기도 양평의 어느 고을, 후배가 장만해놓은 허름한 옛 한옥에서 혼자 이틀을 묵었다. 단정한 서까래들과 목수의 손길이 느껴지는 나뭇결을 바라보고 있노라면 혼자 있어도 절로 잔잔한 흥이 돋는 집이었다. 이러한 집에서는 무슨 음악을 듣는다기보다는 그저 조용함이 음악이다. 간혹 새들이 우는 소리가 들리다 만다. 말벌들이 잉잉대며 집 지을 자리를 찾다가 간다. 멀리서 차 소리가 들리기도 하지만 귀에 거슬릴 만큼은 아니다. 군불을 지펴 넣고는 장작이 탁탁 타탁 소리를 내며 타들어 가는 소리를 듣기도 한다. 엘피 판이 낡아서 튀는 소리라고 해도 된다.

나는 이 자리가 무덤인 것을 알지만, 요즘 사람들은 눈치챌 수 없는 집 곁의 나무 아래에 앉아 마을을 내려다보기도 한다. 죽어 묻힌 사람은 누구일까도 생각해본다. 후손들이 없을까? 역시 사람은 죽으면 이렇게 흙이 되어서 사라져가는 것이지. 그것이 제자리로 돌아가는 것이지. 곁에는 제비꽃이 돋고, 냉이꽃이 핀다.

이미 내 귀에는 비제의 〈아를의 여인〉 조곡이 들려오고 있다. 이미 들은 지 오래인 멜로디가 몸 어느 구석에 쌓였다가 이런 풍경을 만나니 명주실처럼 풀려 나오기 시작한 것이다. 음을 기억하는 것은 역시 의식이 아니라 몸인 모양이다. 향기를 기억하는 것이 몸이듯. 봄 햇살 참 밝다. 개가 짖어도, 새가 울어도, 세상을 잊고 싶도록 밝다.

박용구 선생의 오래된 책을 헌책방에서 구했다. 세계 명곡 강좌의 두 번째 권인데 관현악에 대한 해설이다. 〈아를의 여인〉을 찾아보니 알퐁스 도데의 희곡에 올릴 무대 음악으로 처음 작곡되었다고 한다.

희곡을 간단히 소개하면 아를에서 가까운 농촌에 프레데릭이라는 청년이 있었다. 그는 삼 개월 전에 아를에서 아름다운 여인을 만나 열렬한 사랑에 빠졌다. 그러나 충직한 늙은 하인 발타자알은 그 결혼에 반대한다. 목장지기라는 자도 찾아와서 아를의 여인은 내 애인이라고 혼담을 방해한다.

한편 이웃 마을에 사는 루노 할머니의 손녀딸 비베트라는 얌전한 처녀는 어릴 때부터 이 집에서 일을 도왔기 때문에 프레데릭을 좋아한다. 프레데릭의 홀어머니도 얌전한 비베트를 며느리로 삼고 싶다. 집안의 평화를 위해서 프레데릭은 비베트와 결혼할 생각을 한다.

축제일을 맞이하여 둘의 약혼식이 거행되는 날 루노 할머니는 몇십 년 만에 이 집을 찾았다. 뜻밖에도 옛날 애인이던 발타자알 영감과 감격의 대면을 한다. 이때 목장지기가 나타나 아를의 연인과 도망하기로 했다는 얘기를 한다. 이 말을 엿들은 프레데릭은 다시 끓어오르는 여인에 대한 연정에 미친 듯 헛소리를 하다가 곡식 창고에서 뛰어내려 죽고 만다. 그 대신 열네 살 된 바보 동생이 제정신을 회복한다. 끝내 비극의 씨앗이 되는 아를의 여인이 무대에 등장하지 않는다는 점은 시적 여운을 높여준다.

한 청년의 젊은 사랑과 중년의 어머니가 품은 아들에 대한 사랑, 가련한 처녀의 순정과 노인들의 그윽한 정열 등이 따뜻한 눈길로 그려진 이 희곡을 비제는 스물일곱 편의 소편성 관현악곡으로 꾸며 무대를 빛나게 했다고 한다. 다시 이것을 네 편의 대편성 오케스트라용으로 편곡했고 그것이 오늘날의 제1조곡이다. 그리고 비제 사후 다시 그의 절친한 친구인 에르네스트 기로Ernest Guiraud가 네 편을 추려서 편곡한 것이 오늘날의 제2조곡이다.

새파란 풀이 더 돋으면 전선을 늘려서 풀밭에 이 음악을 풀어놓고 싶다. 아주 조그맣게 풀어놓고 차라도 한 잔 마시면서 볼 수 있는 대로 먼 데까지 보고 싶다. 그렇게 음악은 저승까지 바라볼 수 있게 한다.

겨울에 혼자서 들어야 하는 비창

겨울에 러시아를 간 적이 있었다. 여행에 대해 그리 큰 흥미가 있는 건 아니지만 그 이후 조금씩 '나도 좀 돌아다녀야겠다'는 생각을 갖게 했었다. 어쨌거나 돌아다니는 일은 새롭고 낯선 경험이었다. 새롭고 낯선 일은 좋은 것이 확실하다는 사실을 알았다. 모스크바에서 밤 열차를 타고 상트페테르부르크로 가는데, 피곤에 지쳐 잠들었다 깨어보니 기차는 여전히 어느 벌판인가를 고요하게 지나가고 있었다.

새벽녘이었다. 커튼을 열고 보니 창밖엔 가지런한 흰빛들의 행렬이 희미하게 이어지고 있었다. 자작나무였을 것이다.

눈이 가득한 벌판은 어둠에 덮여 있었는데 어둠이라 하더라도 흰빛을 다 가릴 수 없는 모양이었다. 어둠 속에 깔린 흰빛이 푸르스름한 기운에 싸여서 확연히 느껴졌다. 어둠을 받아 놓은 흰 접시를 바라보는 기분이랄까? 기차는 또 얼마나 고요한지, 침묵 속을 미끄러지는 듯, 움직임은 있는데 소리 없이 앞으로 나아갔다. 그러다가 간헐적으로 철컥하며 흔들리는 차체를 통해서 이국의 광활함을 실감했다.

나라는 좀 커야 한다. 나는 내가 타고난 나라가 작다는 생각을 했다. 우리나라엔 침대에 오를 만한 기차 여행이 없다. 그것도 아쉬움이라면 아쉬움이다. 그런 의미에서라도 통일은 어서 이루어져야 한다. 싼값에 침대칸 기차를 이용해 하루 저녁 동안 저 겨울의 나라에 당도하는 기분을 느껴볼 수 있으려면 통일이 빨리 되어야 한다는 말이다. 싼 여행을 위해서 통일이 이루어져야 한다고 하면 애국자들은 얼토당토않은 이야기라고 말할까? 그러나 그러한 욕망을 충족시키기 위한 통일이 정말 통일일 게다.

상트페테르부르크는 두말할 것 없이 위용이 느껴지는, 유서 깊은 도시였다. 꽁꽁 얼어붙은 그 겨울 공화국의 아름다운 대리석 건물들은 흰 서릿발로 가득 덮여 있었다. 미술관들과 궁전들을 둘러보면서, 겨울 나무들과 까마귀들을 둘러보면서, 묘지들을 둘러보면서 자연스럽게 차이콥스키를 떠올리지 않을 수 없었다. 물론 차이콥스키 묘지도 둘러보았다.

도시를 안내한 유학생이 상트페테르부르크 음악원의 지휘 전공 학생이었다. 그는 자신이 므라빈스키Mravinsky의 마지막 제자쯤 된다고 자부심 섞인 톤으로 말했다. 그리고 권하길 므라빈스키의 차이콥스키를 권했다. "그의 비창이야말로 정말이죠." 나는 돌아와서 므라빈스키의 비창을 서둘러 구했다. 안동림 선생의 《이 한 장의 명반》에도 나와 있다.

장중한 금관이 서서히 앞으로 나선다. 저녁 어스름이 들판 저편에서 다가오는 듯하다. 그 위로 현들이 푸르스름한 하늘빛을 발한다. 조금 더 빠른 현들이 그 위의 허공을 물들이는 듯하다. 현과 목관들의 화답이 이 저녁 하늘을 회오리로 가득 메우고 나서 다시 장중한 어둠의 빛이 감돈다. 때로는 감미롭고, 어느 대목에서는 격정이 넘쳐서 주체할 수 없을 지경이 되기도 한다. 주제음이 끊임없이 가두리를 이루고 그 안에 어떤 소용돌이가 돌아가는 것이다. 그 소용돌이는 마치 고흐의 하늘로 느껴지기도 한다.

어떨 때 나는 이 1악장 대목을 반복해서 듣는다. 침울하고 불길하지만 완만하고도 격정적인 예감을 뿌려놓은 멜로디가 나의 겨울을 수놓는 것이다.

겨울은 뭐니 뭐니 해도 차이콥스키를 들어야 하는 계절이 맞다. 어린 시절 음악을 처음 듣던 때 무엇을 주로 듣느냐고 해서 차이콥스키를 듣는다고 했더니 무시하는 투로 코웃음을 친 사람이 있었다. 그는 브람스를 듣는다는 거였다. 난 브람스를 듣기 전이었지만 내심 기분이 상했다. 그에게 차이콥스키는 낭만적인 모양이었다.

그러나 그렇게까지 생각할 건 없었다. 차이콥스키를 들어야 할 때가 있는 것이다. 상트페테르부르크의 겨울을 걸을 때 차이콥스키를 떠올리지 않을 수는 없다. 겨울 내내 해가 나는 날이 없는 음침한 하늘과, 추위와 우수에 얼어붙은 숲과 적막은 낭만이 아니라 뼈를 저미는 고독이고, 고독의 혼란이다. 차이콥스키의 진가는 그 하늘을 떠올리며 들어야 제격인 것이다.

날이 흐리다. 눈이 올 듯하다. 어느 숲가에 창이 넓은 집이 있다면 커튼을 활짝 다 걷어놓고 무거운 하늘을 창문 가까이 불러놓겠다. 반듯하고 격정적인 므라빈스키의 비창을 크게 틀어놓고 한 점씩 내리기 시작하는 눈발을 맞이하겠다. 비창이 끝날 때 눈은 마당을 모두 흰빛으로 만들어놓을 것이다. 음악을 다 듣고 나서 창을 열고 나아가 흰 눈길 위를 몇 걸음 걸어본다면 황동규의 언어대로 '사는 것의 홀로움'을 마음껏 느껴볼 수 있을 것이다. 그렇듯 음악을 듣는다는 것은 어쩌면 다 듣고 난 후를 즐기기 위한 건지도 모른다.

아무튼 나는 혼자다. '나는 혼자다' 하면서 듣는 교향곡이 바로 비창이 아닐까 싶다. 여담이지만 차이콥스키는 이 곡을 초연하고 일주일 후에 숨을 거두었다고 한다. 이 곡의 표제를 삶의 우연이 따라갔던 것이다.

외로움의 품격

노란 귤들이 있다. 하나는 껍질이 벗겨진 채 반만 있다. 귤들이 놓인 흰 접시에 떨어진 불빛은 당연히 귤과 함께 따뜻한 빛이다. 껍질들이 어지간히 말라서 이 귤을 먹은 게 언제더라 싶다. 귤 옆에는 전화기가 놓여 있다. 오래된 구형 전화기다. 내가 전화기를 하도 자주 잃어버리니 이번엔 새로 사지 말라며 후배가 물려준 것이다. 잃어버려도 괜찮도록 아무도 욕심내지 않는 아주 오래된 것이다. 그래도 통화엔 크게 문제되지 않는다. 그대로 놓여 있는 것이 대견하다.

그 곁에는 녹차 잔이 놓여 있다. 한 서너 번은 우려먹고 놓아둔 잔이다. 일인용 다구이기 때문에 뚜껑에는 찻잎들이 젖은 채 담겨 있다. 차 맛을 생각해본다. 녹차는 뭐니 뭐니 해도 첫 잔이 제일 좋다. 약간 뜨끈해야 좋다. 절에 가서 스님들에게 얻어먹는 녹차는 내 입맛에는 너무 식힌 것이 아닌가 싶은 때가 많았다. 정수기의 온도대로 우려먹는 맛에 익숙해진 나의 녹차는 그래서 따뜻한 편이다.

겨울이 되면 실내에 난로를 놓고 살고 싶었다. 연탄 난로도 좋고 갈탄 난로도 좋을 것이다. 제일 좋은 건 역시 나무 난로지만 도회지에서 나무 난로를 지금 때기는 쉽지 않다. 우선 나무가 없고 나무를 쟁여둘 창고도 없다. 그리고 무엇보다 그럴 만한 실내가 없다. 그래도 나는 그 꿈을 버리지 않고 있다. 난로를 놓고 그 위에 주전자를 올려두면 종일토록 물 끓는 소리를 들을 수 있을 것이다. 겨울에 그 소리는 정말 정겹고 아름답지 아니한가. 두 손바닥을 활짝 펴서 찬 손을 녹이고 그 곁에 소설책을 두고 읽는다면 그 시간은 꿀맛일 것이다. 간혹 무릎이 따가워 손으로 비벼주어야 할지 모르겠다.

얼마 전에 매화가 피었다. 작년에는 일월에 피었던 것 같은데 올해는 빨리 핀 것이다. 원인이 뭔지 모르겠다. 날이 춥지 않아서일까? 내가 잘못 키운 것일까? 이런저런 생각을 하면서 매화 곁에서 녹차 한 잔 했다. 벌써 시들해진다. 빈 찻잔을 들고 앉아 꽃의 짙은 향기가 멀어지는 아쉬움을 달랬다. 그 암향은 정말 어디에 비길 데 없다. 지금도 떠올리면 코끝이 얼얼하다.

겨울이 깊어지면서부터 음악을 틀어도 격렬한 것보다는 조심스런 소품들을 듣게 된다. 마치 깊은 산에 눈 덮인 소나무에 쌓인 눈들이 떨어질세라 조심하는 듯이. 이즈음 듣는 것이 브람스의 무언가다. 〈종달새의 노래〉 〈사포의 송가〉 〈노랫가락처럼 흘러간다〉 〈다시 너에게 가지 않으리〉 〈사람의 아들들에게 임하는 바는〉 〈나는 모든 학대를 보았다〉 〈죽음이여, 고통스런 죽음이여〉 〈황무지를 건너서〉 〈사랑의 진실〉 〈내 잠은 점점 잦아드네〉 〈여운〉 등등의, 제목이 붙어 있지만 가사는 없는 연주곡으로.

미샤 마이스키Mischa Maisky의 첼로는 감미롭고 그래서 대중적이지만 그래도 이런 겨울날 저녁에는 좋다. 더 좋은 것은 반주다. 파벨 길릴로프Pavel Gililov의 피아노는 느리고 명상적이다. 길릴로프의 피아노가 언덕이라면 마이스키의 첼로는 그 언덕을 배경으로 떨어지는 눈발과도 같다. 때로는 짙고 때로는 가늘게 이어진다. 특히 〈종달새의 노래〉를 시작하는 그 힘겨우면서 꽉 찬 감정의 출발은 눈물겨운 것이다. 겨울의 쓸쓸함 없이 이 노래만 들을 수는 없을 것 같다. 창밖에 눈이 오는 날이면 나는 이 제목에 어울리지 않게 쓸쓸한 곡을 틀어놓으려고 잔뜩 벼르고 있다.

백석을 꺼내 읽는다. 〈멧새 소리〉라는 시다.

> 처마끝에 明太를 말린다
> 明太는 꽁꽁 얼었다
> 明太는 길다랗고 파리한 물고긴데
> 꼬리에 길다란 고드름이 달렸다
> 해는 저물고 날은 다 가고 별은 서러웁게 차갑다
> 나도 길다랗고 파리한 明太다
> 門턱에 꽁꽁 얼어서
> 가슴에 길다란 고드름이 달렸다

팔을 베고 누워서 서양음악을 듣고 있지만 저 서양음악은 내 마음을 〈멧새 소리〉의 적막한 산골로 안내한다. 춥고 외롭고 쓸쓸한, 그러나 높은 저 외로움의 품격을 나는 브람스에게서도 받아들이고 백석에게서도 받아들인다. 이런저런 이유로 음악에서 국적을 말하는 것은 어딘지 촌스러운 일인 것이다. 책꽂이에서 노자가 유난히 도드라지게 빛나고 있다.

찬 물소리 속 겨울 나그네

강추위다. 바람이 세서 내리는 눈이 거리에 쌓이질 못하고 날려간다. 쌓이지 못하는 눈을 보는 것도 오랜만이다. 겨울에 추위를 몰아오는 것은 기온보다 바람 같다. 귀를 틀어쥐고 끄떡끄떡하며 지나가는 사람들의 표정이 어둡지는 않다. 추위가 반가운 모양이다. 하긴 이러한 강추위도 이즈음엔 귀하다. 귀하니 반가울 밖에.

며칠 전엔 오랜만에 시골에 갔었다. 마을 입구에 정자가 있는데 그 앞의 못이 다 얼었다. 정자는 여름의 문화여서 유난히 춥게 느껴졌다. 한적한 오솔길을 걷는데 발밑에서 으드득으드득 얼음 부서지는 소리가, 하! 내 굳었던 영혼을 두드리는 음악 같았다. 멧새 소리 가끔 들리고 바람 소리도 호젓한 가운데 내 발자국 소리, 그것도 얼음의 소리로 듣는 것은 오랜만에 마음에게 먹을 만한 양식을 주는 격이다.

산골짜기에 들어갔다가 나왔다. 얼음 속에서 졸졸거리는 물소리도 보았다. 곧 봄이 올 것이란 예감은 너무 상투적이다. 얼음 속에서 곧 나그네가 나올 듯하다고 하면 너무 마술적인가? 여하튼 한겨울의 산골짜기에서 바람결 말고 어떤 움직임을 발견하는 것은 이런저런 생각을 자아내는 게 사실이다. 그 골짜기에게 나 자신이 낯선 움직임이요 나그네지만, 그 나그네가 발견한 어떤 움직임은 새삼스럽게도 이 세계에 대한 섭리다. 고요한 가운데 늘 무엇인가 오고 있다는 사실의 발견!

골짜기 아래에 내려와서 임시로 가설한 방을 하나 얻었다. 시간을 만들어 종종 가서 책을 볼까 하고 주인에게 부탁한 것이 의외로 손쉽게 성사되었다. 조그만 방을 둘러보며 내가 제일 먼저 떠올린 것은 '이 자리에 음악을 가져와 들어야 할 텐데 뭐가 좋을까…….' 였다. 책을 뭘 읽을까보다 먼저 뭘 많이 들을까 고민했다니!

누가 내 이야길 들으면 마치 음악 마니아라도 되는 줄 알겠다. 그 지경은 아니지만 어지간히 좋아한다고는 말할 수 있을 것 같다. 이 고요한 골짜구니 안에서 듣는 음악이란 역시 저 시정 속에서 듣는 것하고는 다를 것이다. 어떤 시인은 자정이 넘어야 음악이 제대로 들린다고 하지 않았던가. 자정 지난 그 고요 속에 음악을 풀어야 선명하게 구른다는 말로 이해했다.

내가 떠올린 음악은 슈베르트의 〈겨울 나그네〉였다. 사실 그렇게 자주 듣는 음악은 아니다. 그러나 내가 겨울의 나그네가 되어서 이 골짜구니에 가끔 오게 된다고 생각하니 자연스레 그 일련의 가곡들이 떠오른 거였다. 목소리와 피아노 사이, 목소리가 쉬면 저 얼음장 속의 물처럼 흘러 다니는 피아노, 피아노가 조금 누그러질 때 다시 그 위에 얹히는 과히 힘들이지 않은 목소리의 반복은 어찌 보면 너무나 적막하고 비감스럽다.

모든 것들이 다 그렇듯 이 가곡집의 첫 소절은 결코 경쾌하지 않으면서도 스르르 웃음 짓게 하는 반가운 음정이다. 첫 곡 〈안녕히 주무세요〉의 내용을 좀 길지만 적겠다. 물론 번역이라서 시의 깊은 감정은 아마도 따로 있을 듯싶지만 그 적막의 대강은 느껴진다.

외롭게 찾아왔다
외롭게 떠나온
오월은 꽃이 피어
향기롭건만
사랑한다는 소녀 어디로 갔나
사랑한다는 소녀 어디로 갔나
아 어두운 이 세상 눈으로 덮였네
아 어두운 이 세상 눈으로 덮였네

나 언제 길 떠날지
그때를 모르네
나 홀로 어둠 뚫고
정처 없이 가네
달 그림자만이 홀로 나를 비춰주네
달 그림자만이 홀로 나를 비춰주네
하얀 잔디 위에 그려진 발자국

하얀 잔디 위에 그려진 발자국

날 원치 않는 이곳 떠나가리라
덧없이 짖어대는 집 앞의 개들
사랑은 방랑하는 것
하늘의 뜻이네
이곳에서 저곳으로
사랑은 흐르니
사랑은 방랑하는 것
하늘의 뜻이네
이곳에서 저곳으로 사랑은 흐르니

나 깊이 잠든 너를 깨우지 않으리
내 발자국 소리도 듣지 말아다오
떠나면서 창가에 밤 인사 적었네
나 그대 생각함을
전하기 위해
떠나면서 창가에 밤 인사 적었네
나 그대 생각함을

전하기 위해
나 그대 생각하네

어쩌다 마주친 사랑이 계절 변화만큼의 곡절에 따라 흩어지는 사정이 애달프다. 그 내용을 음미하며 나는 임시로 지어져 가끔 내 숙소가 되어줄 집 둘레를 서성이다 돌아왔다. 그만한 감상을 동반한 겨울 여행이 나는 좋다고 생각한다. 귀로의 차 안에서 한시 한 구가 스르르 떠오르는 것은 또 어쩔 수 없었다.

渡水蹇驢雙耳直
더듬더듬 물 건너는 노새의 두 귀는 쫑긋 솟았고
避風羸僕一肩高
바람을 피하는 가냘픈 종의 한 어깨는 높구나

찬 물소리 속의 겨울 나그네다.

모든 음악의 땔감이자 저수지

남자에게 밥을 버는 일은 신성하다. 어느 스님의 깨달음처럼 정신적인 편력을 포함한 모든 행위와 무위는 생존 도모의 방식이고, 그 생존의 일차적인 방어막이 밥인 것이다. 그 신성한 일이 왜 여자보다 남자에게 더 부과되었는지는 알 수 없지만 결혼한 남자가 밥을 벌지 않고 지낸다는 것은 가책의 한가운데를 사는 것과 크게 다르지 않다.

그럼에도 불구하고 어쩐 일인지 나라는 사람은 서른셋을 넘기고 그 업을 놓기로 했었다. 세상이 많이 좋아져 여자들도 돈벌이를 하는 데가 여러 군데 있어서 가장의 지위를 넘기고 만 것이다. 명분이야 시를 시작한 처지이니 어차피 내 인생은 문학으로 결론지을 수밖에 없는 것이어서 그 길을 파겠다는 것이었지만, 그건 허울 좋은 말일 뿐 무슨 내용이 들어 있단 말인가.

학위를 한답시고 덜렁덜렁 학교에 다니고 기회만 노리다가 술을 마시고 노는 재미가 흠씬 있었다. 그러나 그 와중에도 어깨의 무게는 날로 무거워져갈 수밖에 없는 것이 내 운명이어서, 벌써 마흔을 코에 걸어놓고 아예 산으로 가버릴까 하는 생각까지도 하게 되었다.

그렇게 되니 음악의 맛도 점점 덜어지는 것이 아닌가. 총각 때의 소리가 가장 달고 시원했었다는 사실을 요즘 새삼 깨닫게 된다. 그때 내 어깨는 비어 있어서 언제든지 날개가 돋아날 것만 같았다는 식의 회상을 하게 된다. 날마다 희망이 샘솟는다고 하면 과장이지만 언젠가는 천사 같은 여자를 운 좋게 만나서 내 인생이 바뀔 것이란 예감을 버린 적은 한 번도 없었다. 만나는 여자가 있다고 하더라도 그게 대수랴. 언제든 천사와 함께해야 하는 것이 하늘의 이치가 아닌가. 사실 그때는 그런 마음이 죄스러웠지만 그게 죄가 아니라 순리라고 생각하는 지금은 이미 때를 놓친 시기이니, 어지간히 그런 깨우침의 공부로는 늦깎이인 셈이다.

그렇게 어깨가 남모르게 주저앉는지도 모르고 시를 씁네, 예술가입네 하고 버티었는데 어느 날 학교에서 운 좋게 소식이 왔다. 오! 하늘의 돌보심이다. 취직 소식을 듣고 한없이 기뻤다. 이렇게 무미건조하게 말하면 죄받는다. 한없이 기뻤다가 아니다! 뛸 듯이 기뻤다? 그것도 아니다. 다리가 불편한 사람은 그렇게 기쁘지 않기 때문이다. 날 듯이 기뻤다? 그것도 아니다. 그런 기쁨을 맛본 사람은 살아생전엔 한 사람도 없을 것이기 때문이다. 여하튼 유려한 기쁨이 저 아래의 어떤 낮고도 낮은 깊이에서부터 달아오르는 것을 느꼈다. 이제 나도 밥을 벌 수 있구나! 단순히 그런 일을 하나 찾은 것인데 그 일이 이렇게 신성하게 다가오기는 아마 처음이었다.

사실 내가 취직한 것은 벌써 몇 번째나 되지 않은가. 그러나 어깨 위에 돌을 얹고 살고부터는 처음인 셈이니, 신성한 일임이 실감으로 오는 것인 모양이다. 여자는 출산의 고통을, 남자는 노동으로 밥을 버는 짐을 지운다는 성서의 말씀도 현대에 와서는 다소 달라져야 하는 것이지만 그래도 기쁨이 돋아나는 것을 숨길 수 없었다.

사실 문인이라고 하는 것은 노천에, 들판에 있을 때에야 문인이긴 하다. 정신적 야전 상태여야만 실로 그렇지 못한 인간들을 두드릴 만한 돌멩이를 찾아 던질 수 있는 것이다. 그래도 이렇게 취직을 하니 좋다. 이제 음악도 음악 맛이 날 것 같다. 불안할 때 음악 맛이 나던가.

그런 의미에서 나는 오랜만에 음악적 성서와도 같은 판을 꺼냈다. 글렌 굴드Glenn Gould의 바흐 평균율이다. 모든 음악의 축대 같고 옹벽 같고 방파제 같고 땔감 같고 저수지 같은 그 음의 배열이야말로 내가 새롭게 시작하는 일의 찬가가 아닐 것인가. 내 정신의 수학적 분할과 통합을 나는 가끔 이 음반에서 발견하곤 하지 않았던가. 간혹 섞여 들어간 음치 글렌 굴드의 황홀경에 빠진 신음들도 얼마나 신성하게 들리는가. 나도 나의 일과 생활을 저와 같이 연주하려 한다.

오늘 나는 새로 취직한 사람의 음악으로 이 음반을 고른다. 그것은 무슨 일이든 다시 새롭게 시작하는 사람들이 어떤 다짐 같은 것을 해야 할 때 좋은 음악으로 권할 그런 음악 같다.

사철나무와 상추

작년 이맘때 우리 집 마당엔 상추 싹들이 나 있었을 것이다. 어느 핸가 며칠 외박을 하고 바로 현관에 들어서기 난감하여 근처 화원에서 파는 고추며 상추 모종 들을 사 가지고 마당에 심었는데, 어영부영 뭉개볼 속셈이 발전하여 그다음 해부터 상추 농사꾼이 되었던 것이다.

상추는 싹이 나고 뿌리가 잡히면 자라는 것이 눈으로 볼 수 있을 정도다. 물론 거짓말이지만 눈이 좋고 감각이 좋은 사람은 보인다고 할 정도다. 돌아서면 벌써 조금 전과 다르다는 것을 실감할 수 있다. 물이라도 뿌린 날은 하루에도 몇 센

티미터씩 자라난다. 적치마 같은 예쁜 이름의 상추가 시퍼렇게 아침 햇살에 비치면 그 어여쁨도 꽃에 비길 바 없다.

그 어여쁨의 뒤끝에 의심이 드는 것이 하나 있었다. 과연 내가 저것을 어여삐 하는 연유는 먹을 것이기 때문은 아닌가 하는 생각이 바로 그것이다. 저것이 먹을 것이 아닌 풀이라고 해도 내게 예쁠 것인가 생각해보면 확답이 어렵다.

불현듯 마음속에 솟아났던 그 의문은 발전하여 내가 상추를 보는 것은 눈으로가 아니라 입으로, 혀로, 맛으로인가 하는 생각에까지 미치게 되었다. 더 나아가 혹 경제적 가치로인가 하는 데까지 미치니 입맛이 씁쓸했다. 맛으로 아름다운 것도 아름다운 것임엔 틀림없다. 그러나 값으로의 어여쁨은 아닌 듯하니 다행이긴 하다. 하루에 몇천 원어치씩 자라난다고 하면 그게 어디 될 법한 말인가. 시를 쓴다고도 하는 사람이 말이다. 그러나 상추를 키워서 돈을 버는 사람에겐 그것도 어여쁨일 게 확실하다. 좀 성격이 다른 어여쁨이긴 할 테지만.

언젠가 시골 사시는 선생님을 찾아뵈었는데 들꽃들을 많이 옮겨놓았으니 가져다 마당에 심으라는 것이었다. 나도 모르게 여름엔 상추를 심었다고 말하고 말았다. 그랬더니 선생님은 "그건 사 먹고 꽃을 심으라"고 말씀하셨다. 나는 "상추도 예뻐요." 하려다가 말았다. 상추가 예쁘다고 하면 그 관념은 어떤 관념인가 다시 한번 생각이 일어난 것이었다. 과연 그것은 속된 생각인가. 그렇긴 그렇다! 그런데 항변하고 싶은 것은 그래도 예쁘긴 예쁘기 때문이다. 먹을 것이 아니라고 해도 예쁘긴 예쁘다. 그렇게 아무런 편견 없이 예쁜 것을 예쁘다고 할 수 있는 경지가 정말 경지이리라. 오래 가지 않아서 그렇지 사실 선인장이나 고무나무보다 상추가 못할 것이 하나 없다.

올해는 상추를 포기하고, 아니 다른 자리로 옮기고 눈에 잘 띄는 뜰엔 꽃을 심기로 했다. 영산홍을 심고 금낭화를 옮기고 백합 구근을 묻고 봉숭아들도 뿌렸다. 곧 화려하게 올라올 것이다.

멘델스존의 무언가 중에서 〈봄 노래〉는 내가 봄 뜰을 바라보는 심사를 정확하게 표현한 음악이다. 무겁지 않게 사뿐거리는 그 멜로디는 햇빛이 쏟아진다고 해도 어울리고 빗발이 친다고 해도 어울린다. 그것이 봄이라면 말이다. 여름, 가을, 겨울의 어느 때로 상정해보아도 그 멜로디는 어울리지 않는다. 오직 봄 노래인 것이다.

그중에서도 난 주로 백혜선의 편이다. 그는 나랑 동갑인데 그의 〈봄 노래〉는 백건우의 그것보다 세련이 모자란 듯하고 다소 힘이 들어갔다. 세련보다는 정성이 흠뻑 들어간 인상이다. 그 성실성이 아직은 예술에 '취할' 나이가 아니라는 점을 연상시키는 건지 모른다. 내게도 시에 취해서는 안 된다는 자각을 주는 듯하기 때문이다.

올 이른 봄에 심은 사철나무 울타리에 새잎들이 돋아났다. 사철나무의 새잎을 아는지. 그 위에 반짝이는 봄빛을 아는지. 그 위에 튕기는 봄비를 아는지. 그만한 눈높이로 키를 맞추고 사철나무 울타리의 높이에 어깨를 맞추면, 절로 그 울타리가 춤이 되는 듯하고 내 어깨도 덩달아 춤이 되는 듯하다. 그리고 반짝이는 내 어깨선을 포함한 그 선線들은 멘델스존의 멜로디 선이라고 해도 큰 이의가 없을 듯하다.

인간의 운명과 신에 대한 엄숙

어느 추석을 맞아 군에 가 있는 조카에게 면회를 갔었다. 같이 외출하여 식사를 하고 이런저런 이야기를 나누었다. 귀대를 해야 하는 시간이 가까워오자 조카는 시무룩해졌다. 또래 친구들보다 입대가 늦었던 이 '군인 아저씨'는 마음고생이 이만저만한 눈치가 아니었다. 오랜만에 본 식구들과 조금이라도 더 있고 싶었던 시무룩한 젊음은 혼잣말처럼 "외박은 안 되는 걸까?" 했다. 그렇게 말한 심정에서 군 생활의 괴로움을 능히 짐작할 수 있었다. 다행히 다시 외박을 신청하여 같이 하룻밤을 더 지낼 수 있었다.

그날 밤이 늦어지자 바람이 몰려오기 시작했다. 태풍의 직접적인 영향권과는 멀다던 경기 북부에 해당하는 지역이었지만 묵고 있던 민박집 방갈로가 들썩들썩했다. 술이 거나했던 나는 뜰 앞의 정자에 나가 앉았다. 휘몰아치는 바람결이 상쾌하고도 뭔가 후련했다. 가학적인 심정이 될 때 아주 강한 무엇에 도전하고 싶거나 한다는 것을 나는 안다.

예전에 들은 이야기 중에 어느 작가는 태풍이 온다는 기상 예보가 있으면 그 태풍이 도착한다는 도시를 향해서 간다고 했다. 말하자면 태풍을 맞으러 가는 것이다. 그 심정의 장쾌를 짐작해보면서 나는 새벽녘 바람의 그 후두둑임을 즐겼는지도 모른다. 그런 대로 잠잠해지더니 아침은 제법 화창하게 밝았다.

집에 돌아와 방송을 접하니 아랫녘에서는 지난밤에 이만저만한 일이 지나간 게 아니었다. 세상에 말 그대로 '태풍이라는 게 있구나' 목하 실감했다. 어디에 뭐라고 원망할 수 없는 재앙이었다. 아무 이유를 댈 수 없는 죽음들이 무엇보다 안타까웠다. 대체로 가난하고 힘겨운 삶들인 경우가 많아 보였다.

《노자》에는 이러한 경우를 빗대어 기록한 구절이 있다.

"자연은 어질지 않다天地不仁. 만물을 모두 풀 강아지(옛날 중국에서는 제사 때 짚으로 만든 강아지芻狗를 썼는데 제사가 끝나면 미련 없이 버렸다고 한다)로 여긴다以萬物爲芻狗"는 구절이 그렇다. 과연 천지는 그날 밤 어질지 않았다. 아무것도 가리지 않고 그저 제 순리에 맞추어 지나갔을 뿐이다.

세상에 사람의 힘으로는 어찌할 수 없는 일이 있다는 것을 우리는 겸손히 생각해보아야 한다. 사이비 종교의 논리가 아니라 엄연한 자연의 섭리에 의해서 알 수 있다. 문명도 겸손의 위치에 선 문명이 아니라면 그것은 추구芻狗와 다름 아닌 셈이다.

다음날 무슨 일이 있었냐는 듯 화창한 햇살이 퍼졌다. 그렇게 자연은 인간에게 슬픔과 고난을 안기고 또다시 평상平常을 주었다. 다시 찾은 평상의 날씨 속에서 이 고난을 어떻게 바라보고 해석하느냐를 두고, 그리고 어떻게 행동하느냐를 두고 인간의 지혜를 가늠해보는 게 아닌가 싶다.

《노자》는 이어서 성인 또한 어질지 않다고 말한다聖人不仁. 무서운 말이다. 완성된 판단과 행위에는 아무런 편견이나 선입견이 없다는 해석이 가능할 것이다. 무소불위無所不爲의 사랑이 과연 이것이리라.

태풍이 지나간 비극의 현장을 두고 음악을 운운하는 것은 참으로 가당찮다. 그러나 이러할 때 인간의 운명과 신에 대한 엄숙, 자연의 아름다움과 무자비함을 엄정하게 사색하고 명상한 음악이 있으니 바로 베토벤이다. 그래서 베토벤은 어렵다. 감미로울 수 없는, 감상이 있을 수 없는 인생의 수많은 코너워크들 속에서 베토벤은 고뇌하고 있다. 그의 피아노 소나타 템페스트를 들으면 엄청난 격정을 겪게 된다. 그 소리들 앞에서도 인간은 겸손을 생각할 수 있다. 음악의 위대함이다.

내 조카가 맞이한 청춘의 길목에서 분 태풍에서 배울 바 없지 않을 것이며, 태풍의 고난에서 얻어야 할 지혜는 깊고 깊은 것이다. 천지는 불인不仁이고 성인도 불인이다. 내가 듣는 템페스트는 빌헬름 캠프의 것이다. 다시 한번 나는 그 음악을 들으며 폐허를 떠올려본다. 폐허!

풍죽의 브람스

기온이 내려가니 옷깃을 여밀 수밖에 없다. 게다가 바람이 불어서 떨어진 나뭇잎들이 쓸려 다닌다. 채울 수 있는 단추를 다 채운다. 모두 겨울을 맞이하는 시간이다. 겨울은 벌판을 빈 벌판으로 맞이하고 나무들을 빈 가지로 맞이한다. 언덕은 마른 풀로 맞이한다. 비워내고 죽음의 계절을 맞이하지 않으면 영원히 소생할 수 없다. 한껏 뽐내던 초록빛들은 마지막으로 한번 환해진 다음 모두 이 세상에 없었던 듯 제자리로 돌아간다.

인간은 그래도 그러한 자연의 순환을 여러 번 경험할 수 있어서 삶과 죽음의 원리를 짐작할 수 있게 된다. 신이 준 기회다. 우리는 늦은 가을 저녁나절이면 숲길을 걸으면서 '자연이 저러하거늘…….' 하고는 혼자 중얼거리면서 걷다가 다시 오래 침묵한다. 침묵이 바로 깊은 생각의 대지이고 지혜의 대지이다. 음악도 침묵을 대지로 삼지 아니한가.

나는 간절한 마음으로 산보를 마치고 돌아와 브람스의 현악 사중주를 걸었다. 역시 브람스가 가을에 알맞다는 것은 상식이지만 그 상식이 절실히 확인되기도 드물다고 생각하면서 귀를 기울인다. 내가 가지고 있는 것은 줄리아드 현악 사중주단이다. 2악장으로 들어서자 얼마 전에 보았던 대나무 그림이 떠오른다. 전혀 다른 차원의 것일지 모르지만 바람에 휩쓸리던 그 대나무의 율동은 브람스에 알맞다.

시를 공부하는 분들과 간송미술관을 찾았다. 매년 봄 가을, 가장 청명한 기간을 잡아 여는 소장품 특별 전시장이다. 날짜가 날짜이니만큼 매번 그 하루에 발길을 전부 내어주자는 동인同人들끼리의 묵언의 약조도 기껍다. 그 계절 중에서도 가장 청명한 날짜들을 잡는 것은 관람객에 대한 배려도 있겠으나, 무엇보다 전시 작품들에 대한 배려가 크게 작용한 것으로 짐작한다.

딱 두 주일의 전시 기간! 그 또한 전시 작품들을 지치거나 다치게 해서는 안 된다는 이유라고 들었다. 그렇게 전시되고 다시 몇 년은 잠을 자야 한다는 것이다. 상업적 전시야 어디 그렇던가. 학생들의 방학 기간이어야 할 테고 전등불에 색이 바래건 더위에 습기가 차건 관계치 않고 흥행에 신경을 써서, 엿장수들이 모여드는 시장통의 인파들처럼 이리저리 밀려다녀야 하는 전시와는 격이 다르다고 하겠다. 입장료가 없다는 배려는 차라리 뒷길의 미담인 셈이다.

이번 전시는 조선 중기 회화들로 꾸민 거였는데 전공이 아닌 바에야 늘 그러려니 할밖에. 매번 그저 느낌이요, 조용히 선인들의 숨결을 짐작하자는 태세일 뿐이다. 그것만으로도 풍아風雅한 보물이 내부에 조금씩 쌓여가는 듯, 스스로 겸전兼全해지는 듯 뿌듯하니 좋았다. 그러한 바이니 그 내용을 옮겨볼 엄두는커녕 말 허두도 필요 없는 거지만, 투미한 내 생각 속에도 유독 유감有感한 그림이 두엇 남아 잘 지워지지 않는다. 그것은 탄은灘隱 이정李霆이란 분의 대나무 그림들이었다. 세종대왕의 현손이라는 전기적 사실 정도로 작가의 소개는 넘겨두자.

바람이 앙칼지다. 바위틈으로 메마르게 자라난 몇 그루의 대나무가 그 바람을 견디고 서 있다. 바람이 오는 쪽으로 아예 비스듬하게 기울어서 그 풍파를 견디려고 미리 대비한 몸짓이다. 뒤쪽에 희미하게 그림자인 듯 그려진 두어 그루의 대나무는 바람의 기세를 견디지 못하고 넘어갈 듯 위태롭지만, 맨 앞의 주인된 것과 그다음 것은 긴장된 이면이 차라리 여유롭기까지 한 자세다. 불어올 테면 불어보라는 자세다.

댓잎 끝에서 새파란 바람 소리들이 쏟아지는 듯 떨림까지도 자세히 그려져 있다. 물론 낮은 댓가지의 잎들은 상대적으로 덜 흔들린다. 그 관찰은 놀랍다. 가장 높은 자리가 가장 많이, 급하게 떨리게 되어 있다. 모든 이파리들은 바람이 불어가는 쪽을 향할 수밖에 없지만 그 줄기는 맨 처음의 자리를 고집스럽게 지키는 구도가 인상 깊다. 소리는 맑디맑고 일체의 군더더기는 생략이다.

빠른 이는 이미 짐작했을 것이다. 이것은 그림이기 이전에 이미 하나의 정신이다. 정신이 대나무를 만나 표상된 것이다. 표상되고 남은 정신까지 육박해 들어가는 감상까지야 욕심을 넘어서 사치에 이르렀다고 하겠지만, 그 정신의 굳세고도 청빈함은 어림해볼 만했다.

브람스의 그 난해한 선율이 품은 세로줄과 가로줄을 다 헤아리기에 나의 청각은 정밀하지 못하지만, 역시 짐작만으로도 두 세계는 닮은 데가 있다. 풍죽風竹과 브람스라니. 그것도 재미있는 몽타주다. 한옥에서 듣는 서양 클래식이 양옥에서 듣는 것보다 훨씬 아름답다는 것은 경험하지 못한 이들은 모를 것이다. 한잔 마셔야겠다.

집수리 음악

요즘 지하실 방을 수리하고 있다. 집을 수리하는 일이 보통 일은 아니다. 육체로 하는 일이 행복한 일이긴 해도 여간 힘든 것이 아니라서 단련되지 않은 나 같은 육체의 주인들은 견디기가 힘들다. 그래도 어느 정도 시간이 지나고 깨끗한 방에 느긋하게 앉아 있는 나를 상상해보는 일이 활력을 준다.

이사 나간 빈방을 들어가 본다. 어수선하고 뭔가 묘한 죽음의 냄새 같은 것이 느껴진다. 우리 식구가 아닌 사람들이 살던 방의 체취라는 것도 낯설거니와 곰팡이며 습기도 유난히 많다. 몇 년 전 사진에 관심을 가질 때 사진 잡지에서 보았던 몇 장면의 사진들이 떠올랐다. 누군가 죽어 나간 방, 이사 나간 방을 찍던 사진가가 있었다. 이제 막 죽음이며 이사를 겪은 방이 풍기던 그 분위기는 기묘한 아름다움이랄까, 허전함이랄까, 안타까움이랄까……. 늦가을 들판의 그 황량함과 함께 묻어오던 뒤끝 같은, 맥없이 다가오는 편안함이 깔려 있었던 듯하다.

전 주인이 흘리고 간 옷핀 같은 것들은 그들이 흘리고 간 시간의 부장물들만 같다. 또 무엇을 그렇게 많이 걸어야 했는지, 벽에 박힌 못들을 수없이 뽑아내면서 못에 걸렸으리라 생각되는 사물들을 헤아려보기도 했다. 옷가지들이 대부분이었겠지만 간혹은 옥수수 같은 것도 걸려 있었을지 모른다고 생각했고, 또 간혹 시골에 다녀오면서 꺾어온 감나무 가지들도 걸려 있었지 않았을까 싶다. 그리고 어느 날엔 피가 뚝뚝 떨어지는 고깃덩어리가 걸렸을 수도 있겠다는 생각까지 하게 되는 것은, 내 사고의 나른함을 깨보려는 무의식적인 반동 때문일지도 모르겠다.

그리고 내가 그동안 거쳤던 여러 방들, 송현동의 두 평이 될까 말까 한 방, 화수동의 가난투성이 방, 적십자 병원 옆의 그 컴컴한 방, 낙산아파트의 기침 소리 많이 나던 방, 동숭동 뒷골목의 흙 떨어지던 방, 봉원동의 화투 소리 요란하던 방, 망원동 이층의 방, 송학동 뒷방, 그리고 평촌의 임대 아파트 방, 방, 방, 방, 방……. 내가 묻고 온 시간의 부장물들은 흔적도 없이 사라졌을 것이다. 내가 박았던 못들도 내가 지금 이렇게 하듯이 모두 다 뽑혀 나갔을 것이고.

벽지들을 걷어내면서도 이 방의 내력을 어느 정도 짐작하게 되는데 맨 안쪽에 붙은 벽지와 그 다음의 것, 또 요전의 것들을 비교해보면서 주인이었던 이의 취향이랄까 습관이랄까 하는 정신의 생태를 짐작해보는 것도 흥미롭다.

스무서너 살 때던가. 직장 생활이 지루해지기 시작할 때다. 친구들과 앉아 노닥이면서 도배하는 기술이나 배워 같이 다니면서 음악을 들으면 어떨까 하는 시답잖은 얘길 나누던 생각이 난다. 빈방에 들어가 작업복으로 갈아입고 맨 먼저 하는 일은 도배지며 풀이며 하는 도구들을 챙기는 일이 아니다. 우선 가지고 다니는 오디오(소형으로 성능 좋은 것을 장만하자고 했었다)를 적당한 위치에 설치하는 것이다. 그러고 나서 음악을 틀어놓고는 작업을 시작하는 거다. 도배지를 펴고 풀을 칠하고 하나는 천장으로 올라가고 하나는 막대기를 들고 척척 벽을 발라 새로운 분위기를 완성해내는 직업, 그것도 괜찮지 않겠나 생각했었다.

그때는 주로 재즈를 많이 들을 때였다. 그로버 워싱턴 주니어Grover Washington Jr.랄까 듀크 엘링턴Duke Ellington, 빌 에번스Bill Evans나 쳇 베이커Chet Baker도 많이 들었다. 그들의 음악들을 시간대별로 바꾸어 걸면서 일에 충실할 수 있다면 그것도 행복했으리라 생각이 든다.

가령 좀 빠른 그로버 워싱턴 주니어 같은 색소폰은 이른 아침이 좋았을 테고 듀크 엘링턴은 이른 저녁이 좋았을 것이다. 낮잠을 짧게 즐기고 나서는 쳇 베이커가 좋았으리라. 일이 다 끝나고 한잔 하면서는 어떤 것이 어울렸을까? 척 맨조니Chuck Mangione가 좋지 않았을까? 〈산체스의 아이들〉 같은 긴 곡을 틀어놓고 짐들을 정리하는 기분도 좋지 않았을까? 잘 모르겠다.

가만, 내일은 방바닥을 깨야 한다. 방바닥을 깨면서 듣기에 좋은 음악은 뭐가 있을까? 그저 휘파람이나 불어야 할 듯싶다. 기러기 울어예는 하늘 구만리…… 어쩌고 하는.

사랑하는 것은 모두
멀리 있다

내 방 지붕에는 감나무가 한 그루 있다. 다시 감꽃이 지고 풋감들 떨어지는 소리가 조그맣게 들려오기 시작한다. 다가올 가을, 겨울을 건너다본다. 맨 나중까지 견디다가 끝내 여물어 과감하게 뛰어내리는 존재가 있을 것이다.

'사랑'과 '사랑함'은 얼마나 다른가!

어린 시절의 자연학습 시간에 본, 말굽자석에 뿌려진 쇳가루들의 양태를 나는 아직 눈곱만큼도 이해하지 못하고 있다. 그러나 아직도 그것의 근본적인 이유가 생생하게 궁금하다. 그 문양은 지금까지도 내 일기문의 밑그림이다.

이해라는 것이 사랑마저도 해결하려고 할 때 모든 것은 헝클어진다.

인간의 입장을 벗어날 수 없으니 '사랑함'은 멀리 있다. 그런데도 인간의 입장이기 때문에 그것을 향하여 고투해 나아간다. 그저 끝내 나아갈 뿐이다. 멀리 있는 것을 향하기에 생명이다.